寺山よしこ作品集

メダイの軌跡

挿画　寺山よしこ
装幀　トライ制作部

目次

メダイの軌跡

第一部　それぞれの絵踏

治衛門

佐々山治衛門は四代前から細川家宇土支藩に仕えていた。元々は銀方という藩会所の小奉行格の役人であったが、松山手永の代官の補佐役に役替となったばかりで、慣れない仕事に疲れていた。治衛門は自分の居室の中庭に面した小さな火灯窓越しに、散り敷くいろは楓を眺めながら、なにやら口の中でぶつぶつ言っていた。

「なぜわしに郡方の仕事が回ってきたのであろう。長年銀方の帳面ばかり見ていた者には荷が重いの」

文机の上の湯を一口飲んだ。

「いやまてよ。長年寸志の取り扱いをして、住人の経済状態や心情を知っておるから、この度の切支丹の取調べには向くと、御重役方のお考えか」

その時、妻の美津が部屋に入ってきた。

「あの、表具屋の勝次がまいっております」

「おおそうか、すぐに行くから待たせておいてくれ」

任務は代わったが、役宅はそのままで、少々人の出入りも多くなりそうなので、傷んだ襖の修理を頼むことにしたのだ。表具職人の勝次には、これまでも破れたところを繕いや障子の張替えを頼んだことがある。先代からの周知の者であった。

「佐々山様、襖を下張りからやりなおそうと思いまして、剥がしましたら、こがんとが出てまいりました。何やら書付のようです。見てくだはりまっせ」

勝次がていねいに剥がしたらしい古ぼけた和紙に書かれた文字は、ところどころ薄れて見えにくくなってはいるが、細かい字がびっしりとつらなっていた。最後に記してある名は、自分と同じ佐々山治衛門であり、寛永十六年の日付があった。この年は、鎖国が始められた年である。佐々山家は、代々当主が治衛門の名をついでいて、それは、初代が書いた覚書らしかった。

「勝次、これを読んだのか」

「いいえ、とんでもございません。少し手習いはいたしましたが、こんなむずかしか文は、とても読めません」

「そうか、届けてくれてごくろうだったな。仕事はなるべく早く片付けてくれ。たのんだぞ」

治衛門は、何食わぬ顔をして書付を懐に入れると、奥に引っ込んだ。そして、せわしなくまたそれを取り出すと目を通した。それには次のようなことが記してあった。

佐々山家は、自分の父の代に佐々成政公とともに肥後にやってきた。父は佐々家によく仕え、手足となって働いたので、主君の覚えもめでたく、褒美として家紋を賜った。佐々家の七つ割隅立て四つ目紋からとった三つ目紋である。しかし、主君に失政あり、切腹となられたので、我らは浪々の身となったが、この地の事情に明るく、また、勘定方としての能力を認められて、次の小西様に仕えることができた。

小西様は切支丹でいらした。家臣にも入信を勧められたので、我父も切支丹となったが、その小西様も関ヶ原で敗れられ、父も討死したのである。佐々山家の三人の子どもは父に従って皆切支丹の教えを信奉しておったが、次の加藤様、細川様にはとうてい受け入れられるものではない。長男であった我は教えを捨て、家を守るため新しい仕官の道を探そうと決心した。

しかし、弟と妹は熱心な信者であり、教えを捨てなかった。弟は行方をくらまし、後に島原で果てたということだ。妹はすでに嫁しており、夫も切支丹であったが、それを隠して、立岡池造りに石工として加わり、そちらに住み着いたといういことだ。妹には我家の家紋がついた羽織を持たせて嫁がせたので、それが証拠である。

我一族は、ちりじりになってしまったが、事ある時には、血のつながりのある妹の一族の力になってくれることを願うものである。

そもそも己の信心を捨て、細川家の家臣となり、佐々山家の初代を名乗ったのは、家名を守るためであった。兄弟相争っても、先祖から受け継いだ佐々山家の家名は残さねばならなかった。武士の家とは悲しくも尊いものである。

書付はこのような内容であった。

「はてさて、我一族のことは何も知らず、これまで過ごしてきたが、これからどうしたらよいのであろうか」

腕組した治衛門の眼の先の真っ赤な楓が一枚ひらりと落ちた。

この年、天明六年、他藩で切支丹が発覚して、禁制がさらに厳しくなり、宗門人別改帳を寺社奉行へ提出するようにという、幕府の命が出された。これまでも、藩では村ごとに毎年正月に絵踏を行わせて、切支丹でない証をさせ、さらに檀那寺ごとに宗門人別帳の改めがされていた。

宇土は切支丹大名の旧地であったので、江戸時代初めから絵踏は厳しく行われた。二度踏みといって、二回踏まされるものだった。切支丹の間に、一回踏むだけなら許されて、ハライソ、天国へ行くことが出来るという言い伝えがあったためである。

しかし時代が下って、切支丹の発覚もなくなり、絵踏は形骸化していた。苦しい小藩の財政を救う目的で、寸志といわれる金を差し出した者には、名字帯刀とまではいかなくても、傘をさす権利の傘御免をはじめ、さまざまな特典が与えられた。その中の一つに影踏御免というものもあり絵踏をしなくて済むものであった。この地方では、絵踏のことを影踏と書き慣わしていた。この度は、それも無しにして、すべての住民に絵踏が課されるという。これまで、この制度によって免じられていた隠れ切支丹も炙り出されるであろう。先祖の教えを、今も妹の子孫が守っていたならば、わしは役目上、一族を助けようという初代の遺言をないがしろにすることになるのだ。けして憎くて袂を分かった訳ではない。佐々山の家を残すための先祖の苦渋の選択であったろうにとさまざま思い巡らしていた。

あたりはもう暗くなりかけていた。妻の美津が手燭を片手に入ってきた。

「どうかなさいましたか。こんなに暗いところに座られて」

「いやなに、我家と同じ三つ目の家紋を持つ者が近くに居るかも知れぬということじゃ」

同じ地区の寺の娘であった美津だが、なんのことやらわからず、きょとんとしていた。

明くる朝、治衛門は、書付を懐に家を出て勝次のところに向った。

(家に置いておく訳にはいかない。誰に見られるかわからない。いらぬ疑いをかけられるかもしれない。しかし、燃してしまっては先祖にすまない。内容はすべて胸のうちにおさ

めた。やはり、元の仏壇の襖の中に閉じ込めるのが一番だろう）

治衛門は寝ずに考えたのである。

勝次の家は、本町通りの端の職人たちが住む一画にあった。

格子戸を開けると、そこはすぐ作業場になっていて、腹当に股引、筒袖の作業着姿の勝次が、捻り鉢巻で仕事をしていた。案内を乞うまでもなく、勝次が鉢巻を取りながら出てきた。

「佐々山様、ようお越しくださいました。御用のすじは何でございましょう。まだ、仕事は始めたばかりで、出来上がりは当分先になりますが」

「いや先日、仏壇の襖の模様は松がよかろうと言ったが、ちと恐れ多いような気がして、竹か梅にしようかと来てみたのだ。持ち合わせはあるかな」

「それでしたら、少々地味ですが、竹の地紋のものがございます。ごらんにいれましょうか」

「よいよい、それでやってくれ。それに昨日持ってきてくれた反故だが、ご先祖の手習いらしい。捨てるのもなんだから、また下張りに使ってくれ」

治衛門はさりげなく懐から書付を取り出した。

「粗末にならぬように。すぐにな。なるべく奥にな」

言わなくてもいいことまで付け加えたので勝次は合点がいったようであった。口の堅い男である。

「承知いたしました。なるべく早くしあげましょう」

他は何も言わず、すぐに仕事にかかった。

治衛門はその足で、前の勤め先の藩会所へ向った。書庫から、調べたいことがあるところとわって、寸志帳を取り出した。特に立岡方面を詳しく当った。

寸志の高によっていろいろな特典を受けた者が記してある。その中に影踏御免で絵踏の免除を受けた者が数人あった。この中に血族がいるかもしれない。

百姓　石山の伍平　影踏御免
これだ、これに違いないと治衛門は思いながら、この者のことを内々に調べてみようと心に決め、帳面を元に戻したのだった。

伍平

石山の伍平は、立岡村の清正池の近くに住んでいた。

その池は、加藤清正公の時代に灌漑用水として作られた溜池で、このあたりに豊かな実りをもたらしていた。水を引く権利は、庄屋たちが握っていて、小百姓に分配していた。

伍平の一家は、土着の百姓ではなかったので、はじめは小百姓として、小さな田を耕していたが、四代にわたって勤勉に働きに働いたので、今は百姓頭と目されるようになっていた。それというのも、初代がこの大池が作られた時の石工であり、池の石組の修理の技術を受け継いでいたので、村になくてはならぬ人物だったからである。

その技術というのは、小西行長公が宇土に城を造られた時に、伴天連様の付き人から教えられた彼の国の城造りの方法であった。石を土と漆喰で固めて作った石垣で、水に強かった。それを代々伝えてきていた。それだけでなく、工夫を重ねて、棚田を作ったり、水を引く井手の整備にも利用し、収穫高を上げる事にもつくしてきた。

初代は、石垣の技術を異人から学んだだけでなく、切支丹の教えも受け、熱心な信者になった。そして、聖母子像の彫られた小さなメダイを貰い受けて拝んでいた。しかし、時代はかわり、家族を守るためには、隠さなければならないことになった。秘かに拝みながらも、絵踏も神妙に二度踏みに従った。家族も黙ってそれに習った。

初代の女房は、若い石工の頃南蛮寺で知り合った武士の娘であった。一族皆切支丹であったから、身分違いもあまり問われず、いっしょになった。それが禁制となり、妻の実家との縁もきれたのである。

二代、三代とメダイは家の宝物として、戸棚の奥深くしまわれ、忌日には祈りをささげた。オラショもそれを書いた書付も大事にされた。また、アーメンと唱えれば、神様が助けてくださる。ハライソというところへいけるということが伝えられ、信じられていた。そして、絵踏だけは心の痛むことだったが、二代目も三代目もいやいやながら、初代と同じように平気を装って踏んでいたのだった。

四代目の伍平の時になると、代々の努力のかいがあって、篤農家といわれるまでになった。伍平は寸志を差し出して、影踏御免を得た。寒い中、裸足で冷たい像を踏むことを嫌って、それを望む者もいたが、伍平のばあいは、長年の先祖をいやしめる行為から解放されたことで、心からほっとしていた。

ところが新しい御触れが出た。影踏御免は取り消しになって、全ての者が絵踏をしなければならなくなった。

(なんということだ。長年の努力が無になってしまった。しかし、ここは我慢のしどころだ。家族のため、家のために乗り越えなければならない)

伍平は溜息をつきながらも、心を決めた。

真助

伍平には心配なことがあった。長男の真助のことである。おとなしくて、百姓の仕事はよく手伝うし、手習いや、書物を読むことが好きな子であった。記憶力もよくて、石垣の技術のこともすぐに覚えてしまったくらいだった。問題なのは生真面目なことである。信じたことはけしてまげようとしない。それだけでなく、無理に従わせようとすると、顔色が変わり、金縛りにでもあったように動けなくなることがあった。そんなことが幾度かあって、友達もできなかったし、本人も、人と話すこと、人前に出ることを嫌がるようになっていた。

真助が八歳の時、伍平は戸棚の奥深く隠していたメダイを取り出して、その由来を話して聞かせた。

「これは我家の宝だよ。ご先祖様がずっと前に宇土のお城が造られた時、石工として働いていて貰った物だそうだ」

「やさしそうな女の人が、かわいい赤ちゃんを抱いとんなはるですね」

「そう、サンタマリア様とイエス様のお像だよ。その頃の宇土のお殿様は切支丹でな、南蛮寺という切支丹のお寺も建てられた。鐘つき堂はとくに南蛮風で、伴天連様の御付の指示で、うちの先祖が作ったそうだ。あまり大きくない石を積み上げて、土と漆喰を混ぜたもので固めて塔にしたという事だ。その時、自分からやり方を南蛮の方に尋ねたりして、うまく造ったので、これをくださったということだよ。メダイというものだ」

真助は目を輝かせてメダイを手に取った。

「これはご先祖様の誇りですね。心がこもっているのですね」

「そうだな。そして、ご先祖様は切支丹になられた。イエス様を信じて一心に祈れば、わしらの苦しみを救ってくださる。死んだ後はハライソという神の国に連れて行ってくださるからと、このメダイを前に祈られた」

「すばらしい神様ですね。お祈りすればいいのですね」

「そうだ、ただ嘘をついたり、悪いことをすれば、罰が当るぞ」

「ととさんもお祈りしているのでしょう」

「ああ。今の世は、切支丹は御禁制だから、他人にこれを見せてはならないよ。心の中でお祈りするのだ。聖なるサンタマリア様、お救いください。アーメンとな」

それからは、真助はときどきメダイを取り出しては、うっとりとした表情で祈っているようだった。また、いっしょにしまってあったオラショの書付も眺めて覚えていた。

「真助、人前でその祈りの言葉を言ってはならないぞ」

伍平は時々注意をしたが、こっそり家の中で祈るのは見逃していた。

真助は、メダイと同じ絵像を踏むことは出来ないのではないだろうか。伍平は頭を抱えてしまった。メダイのこと、信仰のことを話したことを後悔した。

「真助、大事な話がある」

皆が寝静まったころ、伍平は真助と向かい合った。

「こんど影踏があることは知っているな。それは、この絵像と同じような像に足をのせることだ」

「そんな、もったいない。神様を汚すなどできません。罰が当ります。できません」

真助は、今にも泣き出しそうに顔をゆがめて、下を向いた。

「それをしなければ、捕まって殺されるかもしれん。おまえだけではない。父も母も皆捕らわれるのだぞ。がまんして踏んでくれ」

「そんなこと、そんなことは嫌です」

消え入りそうな声でいう真助を睨みつけるようにして、伍平は戸棚の奥のオラショの書付を取り出した。そして、思い切って、囲炉裏の中に投げ込んだ。

「こんなものがあるから、家族みんなが災いにあう」

油紙に包んだそれは、ぱっと燃え上がり、白い灰になった。

「ととさん、書いてあったことは皆、おれの頭の中にあります。だいじょうぶです」

「なにがだいじょうぶだ。忘れるのだ。なあ家族皆のためだ。がまんしてくれ」

「このメダイもどこかに埋めなくてはならんな」

「ああ、それだけはやめてください」

「いや、ご先祖様の墓にお返しすることにしよう。きっと許してくださるから」

二人は、暗い道を裏山に上った。鍬で墓の後ろを掘り下げ、そこにメダイを納めると、またその上に草を植えた。

「けして見つかりませんように」

伍平は祈り、

「いつかまた、お出しいたします」

真助はそう言って、心の中でオラショを唱えながら、這うようにして山を下りて行ったのだった。

影踏（えふみ）

空はどんよりとした雲におおわれ、雪さえちらついていた。踏絵は在所の寺の境内で行われるのが常だったが、適当な寺がなかったので、一番大きな庄屋屋敷の庭に近在の者が集められた。裏の竹林がザワザワと不気味な音を立てていた。皆衣装を改め、礼装御免の者は紋付羽織を身に着けていた。

ここに奉行の代理としてやってきた佐々山治衛門は、裃姿であった。その背中には三つ目の家紋がくっきりと浮き出ていた。治衛門は集まった百姓たちの姿を真剣な目で追っていた。

(いた。三つ目紋の羽織を着ている。あれが我同族の末裔か)

その男は、少し髪が薄くなりかけてはいるが、髭が濃く、がっちりとしていた。体つきや髪のようすが、自分と似ているように思えた。先祖を同じくする者だからかと、何やらなつかしいような、哀れを感じるような、そんな心持がした。着ている紋付は、古びて色あせてはいるが、明らかに三つ目紋だった。

(あれが石山の伍平か。伍平は、わしと紋が同じことに気づいたろうか)

伍平の連れている家族を見ると、百姓の女房にしては、色の白い三十半ばの女と十代の娘二人、さらに、ひょろりとした十歳位の男の子だった。

(それにしても、あの子の弱々しさはどうしたのだ。血の気も失せて、親の肩にすがってやっと歩いているようだ。大きな澄んだ目を精一杯見開いて、一点を見詰めている。噂に

よれば、たいそう頭のよい子で、とくに算術に長けているとか。さすが我血筋と思っておったが、呆けてしまったか）

庭の縄筵の上に置かれた踏絵版を、名前を呼ばれた者と、その家族が次々と踏んでいった。それにも目を配りながら、治衛門はちらちらと伍平一家を見ていた。

（もしもの時のために、一つ手は打ってあるが、それを使うことがなければよいがな。だが…）

伍平はいつになくそわそわしていた。真助のことだった。メダイを埋めたその日から、ようすがおかしくなった。夜はうなされて、独り言をつぶやく。声は小さく、何を言っているかわからないが、伍平にはオラショを唱えているように思える。そして、今まで山の田を耕すのも手伝って、いや一人前にできていたのに、坂道が登れなくなった。足が前に出ない。平らな道さえ、やっとのことそろそろ歩いた。食欲はなくなり、家族が諭すようなことを言うと泣き出す。そして、ハーハーと肩で息をするのである。これまでも納得できないことがあると、「どうして、どうして」と泣くことがあったが、このようなことは初めてであった。

伍平は、真助を影踏に連れてきたくはなかった。しかしそれは許されることではなかった。病人は担いででも連れて来るのが定めだった。なによりの心配は、真助がアーメンと大声で唱えないかということだった。そうなれば、これまでの四代の我慢が無駄になる。家族はどうなる。一族は。伍平はどうかこの場をやりすごせるようにということだけを願っていた。風が一そう強くなり、竹林はさらにざわついた。隅の槇の木のてっぺんでカラスが一声鳴いた。

村人たちはサンタマリアの御影を次々と踏んでいく。伍平一家の番になった。まず伍平が立ち上がり、冬だというのに額に汗をかいてそろそろと歩き出す。腰が抜けたようにへなへなになった真助を、母親と姉たちが立ち上がらせ、肩を貸して歩かせる。足が踏み出せないので、引きずるようにして前に進ませた。目は一点を見詰め、唇をわなわなとふるわせている。

「百姓、伍平」

役人の声に従って一歩前に出た伍平は、影踏板をぐっと睨んだ。長年多くの人に踏まれて板の端は欠け落ちている。銅でできた御影も黒光りはしているが、輪郭は薄れ、ぼんやりしている。

（これまで何度この板を踏んだだろうか。先祖が大事にしてきたものを、足で踏んで汚すことが、嫌で嫌でたまらなかったが、家族のため家のため踏んできたのだ。十年前やっと影踏御免を得て安心していたが、今度ばかりはしかたがない）

踏み出した足をそっと御影に載せた。

「次、左足で」

その声に従って、こんどはぎゅっと踏んで後ろを振り向いた。心配したことが起こっていた。

（これはいけない。真助の目玉が動かない）

容赦なく役人の声が響く。

「伍平倅、真助、十歳、前へ」

真助の足は動かない。目も影踏板の一点を見たまま動かない。肩で息をしながら、口の中で言い続けていた。

「どうして、どうして」

「どうした。早く踏まないか」

真っ黒なサンタマリアの像は、家の宝のメダイと同じだった。いやそっくりだった。真助はそれを拾い上げて口づけをしたかった。しゃがみこもうとすると、父と母が引き起こした。その時、ヒューと息を大きく吸い込んで、とつぜん
「いやだ。いやだ。ハッ、ハッ、できないよう」

幼い子どものように泣き出した。その叫び声が庄屋屋敷に響き渡り、集まった者たちの

あいだにさざ波がたった。しんとしていた者たちが、口々にささやいていた。

一段高くなっている縁側から、治衛門が声を発した。

「何を騒いでおる。その小倅は気が触れているようじゃ。早々につまみ出せ。そのような者は人別帳にも入れられぬ」

落ち着いた声だった。伍平が搾り出すような声を出して取りすがらんばかりに言った。

「お役人様、真助は、倅は気が触れております。お情けを。家に引き取らせてください」

「ならぬ。早く連れて行け」

たちまち下役二人が、真助を引きずって行った。治衛門は何事もなかったかのように広縁に座って、目で進行を促した。

「伍平女房、すみやかに影踏しませい」

下役の声に、母親は袖で涙を押さえて、前に進んだ。今にも泣き声が洩れそうになるのを歯を食いしばってこらえた。

(たとえ長男が罪になっても、一家全滅するわけにはいかない。二人の娘も、家には小さい次男もいる。生きていかなければならないのだ)

まず右足で踏み、左足も御影にのせた。姉たちも黙って後に続いた。どんなに悲しかろうと、泣き喚こうと、どうにもならないことは、大人になりかけた姉たちにはわかっていた。

　影踏が終わって、村人たちは皆家に帰された。伍平一家にも何のお咎めもなかった。とぼとぼ歩く一行の中に、真助の姿が見られないばかりだった。

「ととさん、真助はどうなるのでしょう。殺されるのですか」

「わからん。もう死んでいるかもしれん」

「息が苦しそうだったから、あのまま息が絶えたかも」

　こう言って、母親はまた泣いた。真助の症状は、そのまま、死ぬようなことはないのだが、先日来、たびたびおこすようになって、気が気ではなかったのだ。

「こんなことになるのなら、死んだと偽ってどこかに隠しておけばよかった」

　母親がまた言った。

「そんなことができるものか。五人組の衆にすぐ知れてしまうし、横目にも見張られるからな」

　伍平は少し考えた後
「あの役人様は、気が触れていると言って、どこぞに連れ去られたが、それはお情けかもしれない。どこぞで生きられるようにしてくだされればいいが」

　真助は、その日から村に帰ってくることはなかった。伍平一家は耐えに耐えて、目立たぬように、目立たぬようにと暮らした。

訪問者

季節は冬から春、夏から秋へと巡って、伍平の棚田も、刈り取りをやっと終えたころだった。町から一人の男が立岡池の近くにある伍平の藁屋根の家を訪ねてきた。男は家の土間に急いで入り込んだ。

「伍平さんはおらすかな。わしは町で表具屋をしております勝次といいます」

「あの、わたしが伍平ですが、何の御用でしょうか。お見かけ通りの百姓家で、表具屋さんにお頼みするような襖なんぞはございませんが」

突然の訪問をいぶかしく思いながらも、押し返すこともできず答えた。

「いえ、表具の注文をとろうというのではございません。じつは、わしの出入りさせていただいているお武家様に頼まれてまいりました。お話されたいことがあられるそうで、わしの店まで御同道願います。あちらは、店でお待ちです」

「どういうことでしょうか。わたくしの不始末の御詮議ならば、捕縛の役人を差し向けられるでしょうに」

職人気質の勝次は、しびれを切らしたようすで、少し語気を強めて言った。

「何をくだくだ言っているのだ。お情けで村のものや役人にわからぬように、話をしようと言われている。だまってついてくればよかろうが」

伍平はそこまで聞いて、話というのは真助のことではなかろうかと思った。汚れた衣服を改めようと、奥に入ろうとした。

「いや、そのままでいいだろう。目立たぬように、薪でも背負ったほうがいい。それから家のものにも、町に行く訳は言わないようにしてくれ」

伍平は家を出て急ぎ足で行く勝次の後を、少し離れてついて行った。

(御武家様というのは、あの時のお役人様のことであろうか。真助は生きているのか。ひどい目にあっているかもしれない)

心は乱れているものの、足は進んで行く。町の入口近くに、勝次の店はあった。いかにも薪を売りに来たという風に、裏口から入った。

伍平が案内された奥まった部屋には、もうその武士が座っていた。普段着らしい着流しに羽織を着て、厳しい顔をしている。

「話が終わるまで、誰も近寄らないように。よいな、勝次。頼んだぞ」

そう言うと、伍平の方に向き直り、近くに座るように手招きした。伍平は部屋の中に進んだ。

「伍平、それがしを覚えておるか」

「は、はい、影踏の時のお役人様であらせられましょう。あの折は、ありがとうございました。あのう、真助はいかがなりましたか」

「心配するな。それがしがかくまっておる。名前も変え、元気で学問に励んでおるから、心配せずともよい。しかし、会うことはならん。人別帳からはずれたということは、死んだも同然ということだからの」

「お情けありがとうございます。ありがとうございます」

「今日は、もう一つ話しておきたいことがあって、来てもらった。決して口外してはならぬことだが、秘密が守れるかな」

治衛門は、居ずまいを正すと、さらにきびしい顔をした。

「それがしは佐々山治衛門と申す。先祖は切支丹であった」

そのような重大なことを、ただの百姓に告げる武士を、驚いて、いや恐ろしい者でも見るようにしている伍平に、さらに治衛門は続けた。

「これを見ろ。この家紋を」

羽織の袖を広げて見せたのだった。

「それは、私どもの家に伝わる紋と同じ」

「この家紋を持つものは、他にはおらぬ。先祖は兄妹だったのだ。なぜわかったのかと言うのか」

「はい、あまりにも突然のことで…」

「去年、襖の張替えを頼んだところ、下張りの中に書付があった。四代前の先祖が書き残したものだ。その中に、妹が嫁に行く時、家紋の付いた羽織を持たせたこと、その一族に何事かあった時には守るようにと書かれてあった」

「それで、私どもがその子孫だと思われましたか」

「そうだ。先祖が切支丹だったことも書かれてあったから、今度の影踏で何事かあるかもと覚悟して、手を打っていたのじゃ」

「して、その書付はどうなさったのですか」

「なあに、また襖の奥深く埋めてしまった」

ここで初めて治衛門はにたっと笑った。

「そこでじゃ、伍平。今聞いたことは心に収めて、すべて忘れてくれ。倅のことも忘れるのじゃ。今度何かあったら、もう助けてやることは出来ぬだろう。そして、この紋の付いたものは着てはならぬ。どこから、秘密が暴かれるかわからぬからな。先祖の願いは、一門が末永く続くことであった。目立つことはせず、つつましく暮らしていけば、願いはかなえられる。つらいだろうが、影踏も平然とやり過ごすのだ。影踏御免を、また申し出れば、今度のことは記録に残っておるから、目をつけられるぞ。そうなれば、お前の家族は大変な目に会おう。わかったな」

「はい。ありがとうございました。私が立派な血筋だということに誇りを持って、耐えてまいります」

秋の暮れは早い。薄暗くなった往還を、空の背負子を背に、家へと急ぐ伍平は、来た時と代わって、明るい顔をしていた。真助の無事なこともわかった。あの御方はきっと立派に育ててくださるに違いない。それだけで嬉しかった。ただ、田作りに励んで、折を見て寸志を差し出し、影踏御免を願い出ようと思っていたことは、あきらめなければならないことが、心残りだった。影踏はしても、心の中で先祖の教えを守っていれば、裏切ることにはならないだろうと、自分に言い聞かせ、言い聞かせ歩いていった。

第二部　迷路

施療の寺

　真助の連れて行かれたところは、町にある寺の離れだった。気を失っていたから、戸板のようなものに乗せられて運ばれてきたのも知らなかった。目を開くと、薄い蒲団ではあったが、家に居るときよりずっとりっぱなものに寝かされて、衣服も清潔なものに着替えさせられていた。起き上がろうとするが、力が出ない。天井が回っているのは、眩暈だろうか。そこは蔵のようなところで、窓もないのか薄暗く、昼か夜かもわからなかった。

　ガチャリという物音がして、板の引き戸が開けられた。外から一筋の光が射して、真助の顔を照らした。入ってきたのは、白髪を茶筅に結ったすらりとした老女だった。引き戸を半開きにしたまま、枕元に座ると厳しい顔のまま言った。

「目が覚めたようじゃな。丸一日近くも眠っておったのですよ」

「こつ、ここはどこでしょうか。ととさんやかかさんはどうされましたか」

「まあ、落ち着いて、白湯を飲みなされ」

持ってきた土瓶から、湯飲みに白湯を注ぐと、真助を起こして、手に持たせた。

「そなたは気が触れたから、ここに連れてこられた。ここは医を施すところじゃ」

「気が触れた。そうかも知れません。でもととさんやかかさんやあねさんは」

「安心してよいぞ。おまえがあらぬことを口走ったので、全員、牢に繋がれるところだったが、気が触れたという事で、お咎めなく家に帰されたそうだ。じゃが、もう会えぬ。そなたは息子ではなくなった。そういうお取り扱いになったのじゃ」

それを聞くと、真助はまた、苦しそうに息をしながら泣き伏した。

「観念して、ここで病を治すのじゃ。新しい生き道を探せばよい。それ、そこの隅が厠じゃ。部屋の外には出てはならぬ。後で粥を持ってきてしんぜよう。腹も減っておろうからな」

老女は、明り取りの突き上げ戸を開けると部屋を出て行った。外から鍵がかけられた音がした。窓には格子がはまっていた。もう一つある窓も同じ造りらしかった。

(これが座敷牢というものか。俺は罪人なのだろうか。とんでもないことをしてしまったようだ)

真助は、老女の去った薄暗い部屋に座ったまま、絵踏のことを思い出していた。

（ととさんとかかさんに抱えられるようにして、絵踏をする寺に連れて行かれた。ととさんが踏んで、俺の名が呼ばれたが、足が前に出なかった。押されて前に出たが、踏絵板を見たら、メダイと同じサンタマリア様がおられた。『できない。いやだ』目の前が真っ暗になり、赤子のように泣いてしまった。『気が触れている』という声が聞こえたような気がする。気がついたら、ここにいた。ととさんもかかさんもいなかった。お咎めはなかったそうだが、家族にもお咎めがあるほど悪い事をしたのか。こんなことになって悲しんでおられるだろうか）

しかし、なぜいけないことなのか、本当にはわかっていなかった。大人が言うから、皆が言うから悪いことなのだと思い込もうとしたができなかった。そして、自分の一途な性格を、父母にも背いてしまってと情けなく思うのだった。

夕暮れ近くなって、粥と漬物の夕食を持って、老女がやってきた。

「まだ同じ格好で座っているのじゃな。少しずつ食いものを口にいれるのじゃ。断食同然だったから、急には食われまい」

茶碗によそってやっても、なかなか手に取ろうとしない真助に、昼間より優しい声で老女は言った。

「そなたの名は何と言うのか。何歳じゃ。わたしはこの寺の姑でオサムともうす。人にはオサ様とよばれているがな」

「はい。真助といいます。十歳です。あの、ここはお寺なのですか」

「小さい寺でな、医術もやっておるのじゃ。施療院といったがいいかもしれぬ。住職は経を上げ、坊守やわたしが灸をやっている。脳や気の病の者が、多く訪ねて来る。それでそなたも連れてこられた。この部屋は離れになっていて、長逗留の病人のためのものじゃ。合点がいったかえ」

真助は、頭の中で考えを整理するかのように、じっとオサ様の顔を見詰めていたが、あきらめたように黙って箸を取った。

「観念したのじゃの。そなたはかしこそうな目をしている。字は読めるのか。書物は好きか。そうであろうな。明日は書物を持ってこよう。ただ、夜は灯りがないから、寝るしかない。しばらくは、この部屋で我慢するのだよ」

オサ様が出て行くと、部屋は真っ暗になった。明り取りの窓からは、三日月とそれを取り巻く星が見えた。一月五日の夜は、寒風が容赦なく吹き込んだ。よろよろしながら立ち上がり、突き上げ窓も閉めて、蒲団にくるまって眠るしかなかった。

次の日差し入れられたのは、蓮如上人の書かれた『御文章』だった。起き上がると、まだ天井が回って、吐き気がしたが、そろそろと窓際の文机に寄って文書を広げた。常々から使われているものらしく、手擦れた古びた物であった。十歳の子どもでも、文字を追うことができた。ひらがな混じりの手紙文になっていた。

真助の家は、切支丹の末裔といっても、かねては寺請証文にも記され、檀那寺もあり、葬式や法事では、寺に参ったり、来てもらったりしていて、ふつうの百姓の家と同じであった。『御文章』も親の傍らで聞いたことがあった。ただ、書かれたものを読み、内容を考えたのは初めてであった。真助が絵踏ができなかったのは、信心のためというより、サンタマリア像が、先祖の大切にしていたものであり、自分の家の誇りのよりどころである石工の技術を、伝えてくれたという西洋の恩人からもらったものだったからであった。このように筋道を立てて考えられたのは、ずっと後のことになるが、ただ絵踏は親や祖先を踏みつけにするようで、真正直で脇道のない頭が混乱してできなかった。仏教を嫌っていたわけではなかったから、むずかしいところもあったが、納得するものがあったので、もっと学びたいと思うようになり、オサ様にそう申し出た。一人で狭い部屋に居る身には、書物より他に頼るものはなかった。

仏を信じて念仏すれば救われる。よい心を持って恨まず、争わず、人のためになるようにせよ。父や母や目上の人を大切にせよ。これは祖先の信じた教えと同じではないかと思ったりもした。

また、自分はどうしてここに連れてこられたのだろう。座敷牢のようなところに入れられてはいるが、罪人扱いではなく大事にされている。一日一回の足が立つように、心が落ち着くようにとされる治療の灸は熱くて苦しいが、食べ物も家に居たときよりも立派なものだ。誰かに聞いてみたいと思ったが、オサ様は、無用の問答と受けてくれそうになかった。十日ほどたって、その謎が解ける時がやってきた。

いわくある人

夕闇に紛れて、一人の武士が真助のいる離れの戸を開けて入ってきた。絵踏の時、気が触れているから連れて行けと言った奉行役のお役人だった。真助は伸べかけた寝具をあわてて隅に押しやると、正座して、居ずまいを正した。

「真助といったかな。少しは落ち着いたか」

「は、はい。だいぶ歩けるようになった気がします。広いところは歩いてみないので、わかりませんが」

「なかなか弁が立つ子だのう。書物も好きだということだが」

「文もでございますが、算術が好きでございます。あのお役人様、私はどうしてここに連れてこられたのですか。後にはお許しになるのでしょうか」

真助は、他人と話すことの苦手な自分が、まるで家族とのように、このいかめしい武士と話せるのが不思議だった。

「そのことでわしはここに来たのだ。郡方奉行補佐役の佐々山治衛門と申す。妻をこの寺からもらっておる。その伝手でそなたをここにかくまったのだ。本来牢につながれ、切支丹として厳しい取調べを父母一族ともどもに受け、どのような処分が下されるかわからぬところだったのだぞ。父母の苦労を無にしおって。安心せい。父母も姉も無事に家で暮らしておる」

真助は、涙でいっぱいになった目で、治衛門を見上げた。

「あ、ありがとうございました。でも、なぜ私どもにそのようなお情けをかけてくださいますか」

「わしの先祖は、切支丹だった。子が三人おった。一人は島原で切支丹として死に、もう一人は女子でな、やはり切支丹の男に嫁に行った。それが、そなたの先祖だということがわかったのだよ。わしの先祖は、切支丹の教えを捨て、家名を残すとともに、その妹の子孫に災難がある時は助けるようにと、書置きを残しておられた。わしは役目柄切支丹を取り締まらねばならぬ。そこで絵踏の時、こん度のようなこともあろうかと、この寺にかくまってくれるよう頼み込んでおいたのだ」

真助は、下をむいて黙っていた。大きな目から、涙がポタリと落ちた。それをぬぐおうともしないで、物言いたそうに、しかし、声が出なくて、顔を少し上げて口だけ動かしていた。その様子は『どうして、どうして』と言って泣き叫んでいた絵踏の時を思わせた。

「そこでじゃ、そなたはもう家には帰れぬ。人別帳からもはずされ、いない者とされたのじゃからな。もし父母の元へ行けば、大変な迷惑がかかる。名も変えねばならぬ。落ち着いたら、この寺で修行して僧になるのもよかろう。学問をするのもよかろう。後のことは、また相談しようぞ。ただし、切支丹の教えのことはけして口に出してはならぬ。もう助けてやれなくなるし、寺にも迷惑がかかるからな」

真助が、いくら一途で、思い込んだら変えられぬ性格といっても、頭脳は明晰な子であった。皆に迷惑になることは、けしてしないと心に誓ったのであった。今まで覚えこんだ切支丹の教えやオラショやメダイのことは、心の奥にしまいこんだ。そして、父母のことも一口も口にしなくなった。

修行

真助は、真念と名を変えた。一月ほどたつと、支障なく歩けるようになり、荒い息をすることもなくなった。そして、寺の書物や、治衛門が持ち込んだ書物を読破していった。その中には、算術やら天文の書も含まれていた。治衛門は、妻の里帰りに付き添ったり、夕闇に紛れたりして、たびたび訪ねてきて、親が子に対するように、学問の疑問に答え、処世の術を教えたりした。それは、自分の思ったこと、学んだことをなかなか変えることができず、人の心もおもんぱかることの苦手な真助、改め真念には大事なことであった。

そうは言っても、真念の頭から、切支丹の教えがまったく消えた訳ではなかった。自分がけんめいに拝んでいたサンタマリア様のやさしい顔が、目の前に現れることもあった。そんな時急に涙が浮かんできたりした。絵踏の前の晩にメダイを穴の底に隠した、いや捨てたことが空恐ろしく思えた。そして、自分や父や母に、天罰が下るのではないかと恐れるのだった。

真念は、離れから出されて、寺の小坊主として暮らすようになっていた。小坊主の仕事は、朝一番に起き、本堂の拭き掃除をし、庭を掃き、墓地の草取りをし、住職に倣い御本尊の前で読経をする。お経は漢語で聞いただけでは意味もわからない。漢字で書かれている経文を、一字一字読み解いていく勉強も一心にした。誰にも言わなかったが、書かれていること一言一言が心に沁みていくもので、自分の生き方、人のあり方を、子どもの頃の信仰と重ね合わせながら、自分に問うていった。

寺の雑用をし、さらに、檀家回りの供をして、足腰も鍛えられ、寺の小坊主らしくなっていったのだった。

それから長い年月、真助改め真念は、僧侶になるための修行に励んでいた。経典も諳んじ、仏典も読破した。寺のこまごまとした仕事も、また副業である灸のつぼも心得、ていねいに患者に接したので、評判は悪くなかった。住職はこの寺の跡取りにしてもよいと思い始めていた。

ただ、問題が二つあった。一つは、本人が仏教を学ぶより、算術や石工の技術を学ぶことを好み、それに拘っていたことである。そして、もう一つ、一番の問題は、本人の気質であった。自分の殻に閉じこもり、他人と積極的に交わろうとしないし、友達や話し相手がいなくても、苦痛とも思わないのだった。一番好きなものは書物で、難解な数式でも載っていれば目を輝かす。難しい薬草の名や効能は、頭にしっかり入るのに、一方檀家さんの名は覚えられない。また、他人の事情や世間話に興味はないようで、宗教家としては、思いやりも足りないようにみえた。

読経の声は、はっきりと澄んでいい声なので、皆をうっとりさせるほどであった。方々から声がかかった。

「小僧さんも、ぜひいっしょにおまいりください」

住職は喜んで、真念を連れて行った。ところが、七年ほどたった頃のことであった。

「真念、おまえも十七歳じゃ。一人で檀家回りをするがよかろう。松原の伝助さんのところを頼みましたぞ」

「はい」

返事をしたものの、松原の伝助さんと言われても、名前と顔が一致しない。いや、人に関心が薄いものでわからない。ずっと頼りにしてきたオサ様に、意を決して尋ねてみた。

「松原の伝助さんのところに、お参りに行くように言われたのですが、どちらのお家かわからず困っております」

「なんと困ったものじゃの。して松原というのは、どのあたりかは知っているのかの」

「はい、そこには、三軒ほど連れて行ってもらっておりますが、どの御家の方かがわかりません」

「村の中ほどの、蔵のある大きな家だからわかるだろう」

人の顔は覚えられないが、道や道筋は得意とするところだった。

こうして一人で檀家回りもできるようになったのだが、しばらくするとあちこちから不満の声が聞こえてきた。

「若坊さんは、挨拶もそこそこにお経をあげて帰んなはるばかりだもん。世間話もされないし、頼りなかですもんな」

「真念も面もたずで、困ったもんだな。どうだろうか、ためしに、一回法話をさせてみたら。勉強はよくしとるから」

住職は、久しぶりにやってきた治衛門に相談した。

「あの子に人の前で話せというのは、酷ではなかろうか。本人に聞いてみてからの方がよかろう」

治衛門は時々しか会わないが、真念のことをよく知っていた。案の定、真念は断りきれずに承知したのだが、体が拒否した。以前と同じ症状が出てきたのだった。大勢の人を前にして、はあはあと肩で息をつき、足が前に出ない。そして、『どうして、どうして』と言って、涙をこぼした。人前で話すことも怖かった。その上、仏教の教理は理解していたが、いや、書いてあることは暗記はしていたが、心から納得してはいなかった。心の中にはまだ、切支丹の教えも住んでいたので、人に説教をするなんてできなかった。完全に自分が納得したものでないと、言葉にできなかった。二つの心の重荷が立ち上がれなくしてしまった。

治衛門は、様子を見に寺を訪れた。真念はオサ様に頼み込んで、最初に入れられた離れの部屋に逃げ込み、床に伏していた。そうしなければ何をおこすかしれない。寺にもどんな迷惑をかけるかわからないと、自分で思ったからだった。二、三日ですっかり痩せてしまった。食事ものどを通らないのだ。

「真念、どうしたのだ。本当の僧侶になるのは嫌なのか」

「嫌というより……」

「嫌というより、怖いのであろう。人の前に立つのがな」

真念は、黙って涙を流した。

「わかっていたのだ。そなたが、他人にどう思われようと、自分を偽ったりできないことや、人前に出ることを厭うことも、友を作ることが苦手で、またそれを求めてもいないこともな。しかし、僧として生きることが、平穏な人生を歩む一番の道だと思ったのだが、無理なことであったな」

「は、はい」

「そこでじゃ。そなたの一番好きなことは何じゃ。好きな道を行くしかなかろう」

「………」

「そうじゃ、先の大水の時、船場川の堰や石組みが壊れたのを懸命に直しておったな。袈裟は脱ぎ捨てて」

うつむいていた真念は、急に顔を上げた。

「ああ、あの折は楽しゅうございました。皆様被害に会われましたのに、こんなことを言ってはいけませんね。でも、崩れ落ちた石の形や大きさを見ながら組み合わせ、元の石垣にしていくのがうれしくて、胸が苦しくなったくらいでした。着ていた作務衣も手拭も泥だらけになるのもわからないくらい夢中でした。石と石の隙間に小石を詰めていくと、石垣はびっしりとして動かなくなることも学びました」

真念は落ち窪んでいた目を見開き、目を輝かせて話したのだった。

「やはり祖先の血が流れているのだろう」

「はい。そうかもしれません。私は檀家へ参る時は、道筋を見て回るのが、一番の楽しみでございました。歩数で道のりを計ったり、道普請の跡を見て、壊れたところの修理は、こうすればよかろうなどと、考え考え歩いておりました。仏様の教えは横に置いて情けないことでございます」

「それはそれでよいのだ。そなたが自分の好きな道に進めるよう考えてみよう。それには還俗させねばならないが、すぐにはむずかしい。あとしばらくここで待っておれよ」

真念は、治衛門が帰った後、一筋の光が見えたようで、起き上がって子どもの頃習った石工の技をまとめることを始めた。石の組み合わせやら、石と石を繋ぐ漆喰の作り方などである。子どもの頃、目で見、耳で聞いただけであったが、頭の中にしっかりと残っていた。それを言葉にし、数として表し、彼なりの石工の技をまとめあげた。

住職は、檀家衆の前で面目を潰されて、渋い顔をしていたが、治衛門に説得され、そのまま寺に置いてやった。そして、真念は寺の雑用をしながら、治衛門がなんとか自分の思いをかなえてくれるだろうと、ひたすら待っていた。

治衛門は八年あまり真助を見守り続けるうちに、単に先祖の遺言で、一族の子、真助を守ったと言う以上に、彼への愛しさが増していった。算術の才や一途さが自分と似ているようにも思っていた。そして、なんとか好きな道に進ませたいと思うようになったのである。彼は石工になりたいと言った。それを聞いて、なるほどと納得し、その道を探したのである。

治衛門は八方手をつくして、種山石工に弟子入りさせることにした。真念は還俗して真助に戻った。父母との縁は切れたままで、会う事はかなわなかったが、いつかきっと会えると心の中で思っていた。

出立

寛政七年（1796）、十八歳の真助は、自分でまとめた石工の覚えを荷物の中に入れて、種山へと旅立った。

山の暮し、石工の暮しは、町の寺の暮しとは比べものにならない厳しいものであった。寺の仕事で鍛えられたといっても、衣食住に不自由はなかったし、なにより、若坊さんとして、皆が一目置いてくれていた。それが一番下の見習いである。これまで学び、考え、まとめあげた覚えを、仕事の時、持ち出すことはできない。それどころか、何を言われても『へい』と従うだけ、石を削り、土を運ぶだけの毎日であった。

山の冬は寒い。吐く息も凍りつくほどであった。真助の動きはつい鈍くなってしまう。色黒で頑丈な体つき、肩や腕の筋肉も盛り上がり、腹の底から野太い声を出して、石を割り、体から湯気を立てているような兄弟子たちから見れば、真助はいかにもきゃしゃで、仕事の足手まといというほかなかった。その中で一番精悍な顔つきの頭に向って、兄弟子たちが口々に言った。

「今度入ったへなちょこは、ものになりますかい」

「どこからきたんですかい」

「飯を食うとすぐに、帳面に何やら書いているんですぜ。気色悪い奴で」

「酒も飲まないくせに、何か言うと、赤い顔をして、こっちをじっと見るのが気に入らない」

頭は、弟子たちをぐるっと見回しながら、にたっと笑った。

「まあ、あいつは坊さんだったんだ。体が出来てないのはしょうがねえ。八年も坊さんの修行したが、石工になりたいと、伝手を頼ってここに来た。まあぼつぼつ鍛えてやってくれ」

「伝手というのは何です」

「ううん、惣庄屋様だ」

「へん、そんなお偉い方と知り合いってことか。気にいらねえな」

「どうしてもと言うんだから、覚悟はあるんだろうよ」

石工たちは、ぶつぶつ言いながらも、真助に次々と仕事を言いつけ、やり方を教えていった。真助は乱暴な言葉で叱りつけられても『へい』と、言いつけられたとおりにしていった。力持ちではなかったが、のみこみは早く、体もよく動いた。変わった奴だと無視され、のけ者にされるより、どれだけいいかしれなかった。子どもの頃、他の者と交わらなくとも平気であった彼も、その点だけは成長を見せていた。早く一人前の石工になりたいという一念からだったかもしれない。

ある日、頭が真助を呼んで言った。

「体は大丈夫か。ずいぶん打ち身や擦り傷もあるようだが」

「はい。大丈夫でございます。薬も寺を出る時持ってまいりましたから」

「おいおい、その言葉づかいはいけないな。郷に入ったら郷にしたがえだ。もっとくだけて、他の者と同じように話さないとな」

「はい、以後気をつけます。しかし、親は百姓でございましたが、親元におりました時から、この言い方が、身についておりまして、急にはなおりそうにありません」

「まあ、それはおいおいとな。ところで毎日帳面になにやら書き付けておるそうだが、何を書いておるのだ。皆が嫌がっているぞ。言いつけ口を書いているのだろうとな」

「はい、それは……石工としての覚えでございます。子どもの頃から、立岡の大池の修理などで習い覚えたことを書いております。一人前になった時に、役立てるつもりです。頭のように、石工の仕事で、世の人のためになりとうございます」

「それは大そうな心がけだな。一生かかってもできるかどうかわからぬぞ。わしも道半ばだ。しかし、他の者に、見習いのおまえがそれを言ったら嫌われるぞ。帳面に書かずとも体で覚えるものだ」

「はい、これからは皆さまの前では、書かぬようにします。頭に、いや体に覚えこませます」

石工の修行はきびしいものであったが、真助にもう迷いはなかった。自分の進むべき道や信仰に疑いを持っていたことは嘘のように晴れた。くねくねとした迷路も、もう消えていた。

じりじり照りつけるお天道様の下、汗を滴らせた夏が過ぎ、虫の声を聞くことも無く、眠りこけた秋を過して、再び冬を迎えた頃には、すっかりたくましくなり、湯気を噴く体となっていた。

真助は、つららに当る陽の輝きをながめながら考えていた。

(まだまだ先は長いけれど、きっと頭のような石工になるのだ。そして、洪水で津波で旱魃で困っている人の助けになりたい。もう一つ、できるなら、捨てさせられたメダイを見つけ出したいものだ。俺の、家の、誇りなのだから)

これは、特にメダイのことは、心の奥の奥に秘めておかねばならない事であった。しかし、苦しいことではなく、すがすがしい決心であった。

つららから、大きな水の玉が、煌めきながらポタリと落ちた。

新たな出発

真助が石工の修行を始めて二年の月日が過ぎていった。石を割り、運び、重ねるという単調なものであった。元々が華奢な体だったので、兄弟子たちから、力が足りないと文句を言われることも度々だったから、自分はこの仕事に向いているのだろうかと、時々思うこともあったのだが、仕事を終えて、習い覚えたことや、気づきを帳面に書き付けることを楽しみにしていた。

そして真助は、折々治衛門に生活の様子、仕事の様子を知らせる手紙を書いた。自分の恩人としてより、なお親しい思いを抱いていた。真助のことが忘れられないのは、治衛門の方が勝っていたかもしれない。真助を送り出す時落ち込みやすい性格を心配していた。相談相手もなく、一人考え込んでしまわないだろうかと思っていたのだ。手紙は、自分を石工にしてくれた感謝に満ちていたが、だんだん仕事の喜びが書かれなくなり、単調なものになっていった。単純労働に明け暮れる真助の様子を知った治衛門は、何か歯がゆい思いにとらわれた。このままでよいのだろうかと、あの子は、もっと大きな仕事ができるのではないか、得意な算術がいかせることはないか。江戸に遊学させたいものだ。それには、武士の身分にする事が必要だが。そんなことを考えたりしていた。

そんな折、治衛門のもとに、真助のことを頼んでいた惣庄屋から便りがあった。真助が兄弟子から叱られたあと、急に息が苦しくなり、立ち上がれなくなったということだ。作業小屋の片隅に寝かされているが、飯も喉を通らないらしく、涙を溜めた目で、じっと空を見詰めているだけである。どうしたものかという訊ねであった。

治衛門は真助の融通のきかない頭がまた病んでしまったことを知った。筋道の通った叱り方なら、納得ができるまでに成長していたとみたが、頭ごなしの経験重視のやりかたには、体も心もついていけなかったのであろうと思った。治衛門は籠を仕立てて真助を連れ戻した。そして頼み込んでまた寺の離れに寝かせたのであった。

真助の容態が少し落ち着くと、二人きりで話しをした。

「何があったのじゃ。石工の仕事はそんなに辛かったのか」

「いえ、楽しゅうございました。ただ、習ったことを、書き付けたことをその通りにしようとしたのですが、兄弟子から、そんなことでは間に合わないと言われたのです。それでも、細かいところまで、習った通りにやっておりますと、さらに叱られて……足が震え、以前のように、ハーハー息が苦しくなってきて、気が遠くなってしまったのです。私はもうだめです。石工の仕事もできなくなってしまいました」

「なあに、そんなことだろうと思っていた。そなたは、もっと根本の学問をして、広い考えを持つことが必要だ。しばらく養生しておれ」

「こんな私でも、見捨てないでくださるのですか」

「そなたは他人には思えん。息子のように思えるのだ。心配するな」

真助はまた泣き崩れたが、しばらくするとキッと顔を上げて言った。

「弱い心を追い払って、何か役に立つ者になりたいと思います。できますよね」

治衛門は、黙って頷きながら、真助を眺めていた。

治衛門は苦慮していた。自分の養子にするにしても、すでに跡取り息子も成人しているので、必要性がなく、藩から認められるかどうかわからない。それに、出自を問われても困らないように、まず、他家の子どもとして届けなければならない。治衛門は持ち前の外交力と粘り強さで、半年ほどたって、やっと養子に迎えた。なぜ、そこまでして助けたいのかと考え込むこともあった。

(才能をこのまま朽ちさせるのは惜しい。先祖の遺訓にも沿いたいものだ。血統を残すために、信心を捨てたが、一族の他の者の将来を助けて欲しいと書いてあった。この願いは苦しい先祖の胸の内から出たものであろう)

真念は、佐々山真之介となった。武士としての立居振舞を学んだ。算術や他の学問にも精を出した。しかし、部屋住みの身分では、銀方の仕事を受け継ぐわけではない。なんとか真之介の好きな道を歩かせたいと、また治衛門は奔走した。それは江戸遊学の道である。江戸へ行く許しと手形だけでもとがんばり、路金も用意した。小藩の小役人には、それだけで精一杯であった。そして、江戸では本人の望む算術をいかせる道をと、手蔓を手繰って、伊能忠敬の弟子にしてもらう約束を取り付けたのだった。銀方を長年勤めたことが、役に立ったと思っていた。

「真之介、伊能氏の内弟子となって懸命に励め。この日の本の絵図を作ろうとされているお方ぞ。こちらへ帰って来ることなど考えなくてもいいからな。小さなことにこだわらず、大元を大事にするのだ」

こうして、二十三歳の真之介は、自分でまとめた石工の覚えを荷物の中に入れ、江戸へと旅立った。それから、忠敬に従って、測量を学び、蝦夷へ、北陸へと全国を供をして回ったのであった。

夢へ

文化六年、伊能忠敬の一行が、九州探訪をし、肥後も海岸線を中心に測量して回った。その中には、下役三人、内弟子五人がいた。内弟子の一人が、三十五歳になった真之介であった。世の中は、黒船来航も近く騒然としていた。真之介はそれに動じることもなく、ただ、測量に、絵図の作成にと、たんたんと仕事をこなしていた。ただ、野心というほどのものではなかったが、人々の暮しに役立つ治水工事や港造り、海岸の防災工事などの仕事ができればとは思っていた。そして、測量の旅のかたわら、各地の石垣を見ては、その組み方を書きとめ、つなぎの漆喰を独学で研究した。それは、出立の時持って出た、子どもの時習い覚えたことや石工の修行で学んだことをまとめた覚書に、書き加えられていった。武士の身分になったが、根本は百姓であり、石工であった。

伊能忠敬の供として肥後を訪れた時、養父の佐々山治衛門は、六十歳を越え、病気がちとなり隠居していた。真之介は半日の休みをもらい、治衛門を見舞った。その家を旅立ってから十二年の歳月が流れていたが、玄関わきの松の木は、昔のままの緑を保っていた。その下に生い茂ったハランと呼んでいた大きな葉も変わりなかった。いや、十二年の間には木も大きく、幹も太くなっていたのだが、真之介自身が、真の大人になって、身も心も大きくなっていたから、変わらず見えたのであった。そして、玄関でかつてのオサ様とそっくりになった義母の美津に迎えられ、改めて歳月の流れを思い知った。

「真之介、そなたのやりたいことは、やれておるかの。好きな道を生きているか」

治衛門は老いて筋張った手で、真之介の手を握りながら訊ねた。

「父上様、私を好きな道に進ませてくださいまして、ありがとうございました。全国を旅して、絵図を作る仕事にやりがいを感じております」

真之介は父の目をしっかり見て答えた。

(若い頃は、目を合わせることが苦手だったのに)

と、それだけで治衛門は、子の成長を感じて、目がうるんでくるのだった。真之介もそんな義父の姿に、親孝行が出来た。恩返しが出来たと安堵したのであった。

真之介にはもう一つ、この度の肥後来訪で果たしておきたいことがあった。

「父上様、私は十歳の時、村を出て以来、村へ足を踏み入れることを、禁じられてきました。実の父や母がどうしているか尋ねることもしませんでした。遠目からでも、その姿を見ることは許されませんでしょうか」

「そなたが測量のため村に入るのは、仕事であれば当然であろう。ただ、名乗ることや、親に会うことはならぬ。せっかくの平穏を崩してしまうからな」

「さようでございますね。そしらぬふりで父母のようすを確かめられるだけで、うれしゅうございます」

「やはりそなたは伍平夫婦の息子であるのだなあ」

治衛門は少し寂しそうに笑った。

真之介は、師の伊能におそるおそる進言した。

「松山手永には、立岡の池という溜池がございます。かなりの大きさですから、絵図に書き入れるため、測量が必要だと思います。いかがでしょうか」

これまで指図されたことを、ただもくもくとやってきた真之介には、めずらしいことであった。

二十五年ぶりの村であった。池の形、そこから引かれた用水路を、はっきりと覚えていた真之介は、先にたって測量し、村のようすも見て回った。伍平の棚田は昔通りきちんと整備され、稲がすくすく育っていた。そして、草取りをしている老夫婦が見えた。

「ああ、ととさんとかかさんだ。腰は曲がっておられるようだが、元気そうでよかった」

そこへ、茶を入れた土瓶やら昼餉を入れたらしい籠をさげた若夫婦もやってきた。小さい男の子もちょこちょこついてくる。

「あれは、弟の正平一家に違いない。私の一族は繋がっている」

遠目に一家の姿を認めると、うなずきながら真之介はその場を離れた。よく晴れたおだやかな日であった。

もう一つやりたいことが残っていた。いや長年の夢だった。その日、夜の闇に紛れて、立岡池に接する丘に上って行った。昼間とは打って変わって、雨風が激しく、真之介の袴を濡らした。草鞋はじっとりと雨を含んでいた。先祖の墓が、中腹にひっそりと建っていた。小さな灯りを頼りに、心覚えのあたりを掘り始めた。二十五年も前のことながら、真之介はそこをしっかり覚えていた。目の前にあの時の情景が浮かんだ。「きっとお出しいたします」と、あの時誓ったことは、一日も忘れたことはなかった。

一尺ばかり掘り進めたところ、カチッという音がした。急いで穴の中に手を入れてかき回した。硬いものが手に当った。手足も衣服も泥まみれになりながら、探り当てたものは、小さな銅のメダイであった。サンタマリア様の像の彫り目には、泥が詰り、形もさだかではないが、たしかにあの時、埋めて隠したメダイであった。

（ありがたい。これでご先祖の宝が戻ってきた。これを持っていれば、きっと私の願いもかなうだろう）

手拭で泥をふき取り、持ってきた布切れで包むと、メダイとわからぬように、神田明神の守り袋にしまいこんだ。守り札か七福神と思わせるためだった。

（ととさん、かかさん、影踏をなさいましょうとも、ご先祖様の心は私が身につけてお守りしておりますので安心してください。一族の誇りは私が継ぎました）

それから布切れの片割れを掘った穴に埋めて、土をかぶせた。その布は、子どもの時の影踏の時、着せられていた衣服の切れ端だった。もしかしたら、穴の中を見た父母が気づいてくれるかもしれないと、ありそうもないことを考え、それでも満足そうな顔で、しっかりと足を踏みしめ、丘を下りて行った。いつの間にか雨が止んで、星が一つ流れた。

メダイの行くえ

肥後の測量を終えた伊能忠敬の一行とともに、この地を離れた真之介は、再び故郷を訪れることはなかった。

世は幕末動乱の頃、治衛門も伍平夫婦も世を去り、真助または真之介を覚えている者はいなくなった。しかし、日本のどこかで、彼がメダイを懐に石を積む仕事を続けていたことは確かである。

第三部　巡り逢い

フランスにて

まだ肌寒さの残る三月初旬、石山英明はフランスへの格安ツアーに参加するため、高速バスで福岡空港に向っていた。単身のツアー参加は料金が高い。安いサラリーの彼には、格安と言ってもかなりの負担なのだが、ヨーロッパの城や石造りの建造物を見たいと思い切って参加したのだ。英明は、二十五歳、工業高校を出て、河川の護岸工事などをやっている。

バスの中でうつらうつらしながら、祖父に聞いた話を思い出していた。

彼の住む地区には、清正池という溜池がある。加藤清正がそれを造った時、家の先祖が護岸の石を組む石工だったそうだ。それ以後ずっと池のそばに住み、修理に携わってきたというのだ。証拠はないに等しいのだが、祖父も市役所の土木課で、溜池改修の時、現場監督だったというし、現に自分も石工のような仕事をしている。まんざら関係がないわけではないかもな。石工の仕事は好きだ。

空港の集合場所に集まったツアーのメンバーには、英明と同年輩らしい人はいなくて、シニアのカップルや中年の女性グループが目立っていた。すぐに仲良くなれそうな人はいない。海外旅行になれていない彼はドギマギしながら、添乗員の指示に従って機上の人となった。

関西空港にいったん着陸し、そこでまた五人が同じツアーに合流した。その中に若い女性がいた。一人旅らしい。そして彼女の座席は、英明と同じ列、通路を隔ててはいたが、隣といってもよかった。同年輩の人がいたことにほっとするとともに心配にもなった。初対面の人に話しかけるのは苦手だった。とくに相手は若い女性である。英明は彼女の方をそっと見た。

髪を肩まで垂らして、眼鏡をかけている。痩せ型である。黒っぽい上着にパンツ。似ている。髪が短ければ、それと女性であることを除けば、中学の同級生の佐々山真吾とそっくりじゃないか。英明はいそいで旅行の栞を開いてみた。最後のページに参加者名簿があった。〈佐々山真子〉という字が目に飛び込んできた。佐々山だって、しんこと読むんだろうか。名前までそっくりじゃないか。英明は、また、彼女の方をチラリと見た。目が合った。あわてて会釈した。ドキドキしながら足元ばかり見詰めていた。こんなことってあるだろうか。

フランスまでのフライトは長い。時々隣の席を見ながら考えた。

黒縁の大きめの眼鏡をかけているけど、やっぱり頭がいいんだろうな。真吾も黒縁の眼鏡だった。中学の頃、成績はいつも低空飛行の俺と違って、真吾はいつもトップクラスだった。でも、みょうに気が合った。二人とも皆とワーワー騒ぐ方ではなくて、外で遊ぶこともしなかったし、休み時間も教室に二人だけ残っていたから、自然とそうなったのだろう。俺はボーとしているか、やり残しの課題をした。なにをするにも時間がかかると、小さい時から言われていた。要するにぐずだったんだ。真吾はいつも本をひろげていた。

ある日、俺が課題がなかなか終らなくてあせっていると、真吾が寄って来て、やり方を教えてくれたんだ。さっさっさっとヒントを書いてくれた。そんな彼を尊敬するようになった。むずかしい本を読んでいるだろうと思っていたら、見せてくれた本は、『世界一クイズ』だった。俺もクイズが大好きだったので、二人でクイズを出し合って遊ぶようになった。真吾は、科学や数学が得意だけど、俺は社会科と雑学が好きだった。俺のことをそんなことも知っているのと言って尊敬してくれた。俺は二人は親友だと思っていた。

高校は、俺は社会科の次に好きだった物作りをしようと、工業高校に進んだけど、真吾は、特にしたいことはなく、進学校に行ったんだ。通学途中出会っても、いつも参考書を見ていた。いい成績がとりたい。一番になりたいと言っていた。だんだんテストを失敗したとくよくよするようになった。俺なんかの及びもつかないいい成績なのに。とうとうくよくよ病になって、青い顔をして痩せていった。クイズをしかけても乗ってこないし。そんな真吾を見るのが嫌になって、避けるようになった。もうずいぶん会っていないなあ。うつらうつらしていたら、頭の上で声がした。夕食の注文をとっているらしいが、英明の寝ぼけた頭では、何を言っているのかちっともわからなかった。隣席から声がした。

「和食もあるらしいですよ。私はそれにしました」

「えっ、それはいいですね。俺もそれにします」

英明がそう言うと、彼女はいっしょに注文してくれた。英語がかなりできるようだ。

「ありがとうございました。あのう、どちらからですか」

英明は口ごもりながら尋ねた。

「津和野です。山口県です」

「津和野ですか。あのきれいな水の流れている」

「わあ、知っていらっしゃるのですか。水路には錦鯉も泳いでいますよ。ところで、あなたはどちらから」

「ああ俺、俺は熊本です。出身は宇土です。宇土にも水路ではないけど、轟水源から町まで湧き水を引いた石棺の水道があるんです。うまい水ですよ」

口下手な英明も思わず多弁になっていた。どうやって話しかけようかと思っていたのがうまくいったので頬がゆるんだ。米の飯が一番好きだけど、しばらくお別れですねなどと気楽にしゃべれた。

食事が終ってしばらくすると消灯だった。明日から一週間も旅が続くのだからと、眠りについた。

パリの空港に着くと、移動は貸し切りバスだった。英明は最後尾の彼女の隣に遠慮がちに座わると、改めて自己紹介をした。

「熊本の石山英明といいます。土木工事の会社に勤めています。石を積む仕事です。名前にぴったりでしょう。俺、俺とことばが荒くてすみません」

おどけて言った。

「私は、佐々山しんこといいます。真実の真に子どもの子。ちょっと変な名前でしょう」

「いいえ、俺には佐々山真吾という友達がいます。おどろいたなあ、（こ）と（ご）が違うだけなんて。姿形も似ているんですよ。眼鏡も、色の白さもスラーとしているところも。男ですけど、優しい話し方をするやつです。一度会わせたいなあ。びっくりするから」

「そうですか。そんなに似ているなら、どこかで繋がっているのかもしれない。そんな話すてきだと思いません。じ・つ・は、私の先祖は小西行長の家来だったと聞いたことがあるんです。肥後、宇土の殿様だった」

「わあ、すごいすてきです。俺の先祖は小西様の時代から石工だったと、じいちゃんが昔話をしたことがあったかな。これからも仲良くしてください」

「私、自分の先祖について調べたいんです。フランスに来たのも、少し、これ、この先祖から伝わるメダイについてわかるかもしれないと思ったもので」

そう言って真子は、バックの中から、小さな金属片を出して見せた。それは黒ずんで、磨り減って、表面に何か刻んであるらしいが形もはっきりしなかった。英明は目を丸くしてその黒いかたまりを、いや、うすっぺらな金属片を眺めていた。真子は、さらに小さな声で付け加えた。

「私の家は隠れ切支丹で、明治の初めに、長崎から津和野に流されてきたんです。江戸時代の終り頃、一人の石工が長崎にきて、隠れ切支丹の娘と夫婦になり、私の家の先祖になりました。その石工、いや、日本地図を作った伊能忠敬について全国を渡り歩いたということも聞いています。その人は、小西の家来の子孫で、宇土に住んでいた切支丹でした。そして、そして、このメダイを大切にしていたそうです。苗字が佐々山、名は真之介、または真助。その名前を私が継いでいるというわけ。ちょっと信じられない話だけれど、昔話ですからね。でも、私は先祖を尊敬しているんです」

のんびりと過してきた英明には、目的と覚悟を持って旅をしている真子がまぶしく見えた。そして自分だって、先祖から受け継いできた石積みの技術が、きっと石造りの多いヨーロッパからやってきたものだろうと思ったことが、この旅行のきっかけだったことを思い出して、自分もこの旅で何かを得なければと考えたのだった。それに、真子が自分と同じ宇土にルーツを持っているらしいことがうれしくなり、協力するぞと心に決めたのであった。

真子は作業療法士を目指していたが、趣味の皮工芸やアクセサリー作りの技もみがきたい。それを作業療法士の仕事にも生かしたいと思っていた。だから、フランスでも、工芸品の店や仕事場をしっかり見てまわった。

英明はそんな真子を積極的だなあと感心してみていた。容姿は似ているが、目的を決めかねて、また失敗を恐れてくよくよする真吾は似ても似つかぬことを知った。真吾が真子に出会えば目覚めるだろうか。そうなればいいのにと思いながら、真吾が、自分の期待を裏切ったことへの確執をぬぐいきれないでいた。また、自分が真子ほどの積極性を持たないことを情けなく思いもしていた。

二重の城壁で囲まれた中世の城塞都市へ行った時のこと、石垣がきっちりと組まれ、隙間は漆喰様のもので固められていた。英明はこれこそ自分が見たかったものだと思った。

このような技術が日本に伝えられ、城の石垣となり、港の石積となり、溜池も守られたのだと。また、熊本城の曲輪のような迷路で、城に都市に敵兵が入って来にくいような工夫もしてあった。英明は真子に、自分の発見を得々として語った。

離れ小島に造られた修道院のモンサンミッシェルに行った時も同じように石造物が見られたが、こんどは真子が目を輝かせる番だった。展示品の中にメダイがいくつも置かれていた。

「石山さん、石山さん、見て。聖母子像よ。このメダイの聖母子像は、私のメダイとそっくり」

「そうなの。ごめん。俺、目が悪いのか、よくわからない」

「うん。やっぱりメダイは鋳型で作るものだから、同じか、同じような型で作ったのかもしれない」

「そのメダイがヨーロッパから渡ってきたものだったらいいね」

「そうならいいなあ。いや、きっとそうよ」

二人は、フランスの旅を満喫して帰国の途についた。再会を約束し、携帯の番号を交換した。

「熊本へ、宇土へぜひ来てね」

「ええ、お友だちの佐々山真吾さんをぜひ紹介してください」

英明は、真子が自分より真吾と親しくなったら嫌だなとちらっと思ったが、笑顔を見せながら言った。

「そうだね、三人で話そう。それまでバイバイ」

子どものように手をふって、熊本に帰ってきたのだった。

熊本地震

フランス旅行から帰って一ヵ月ほど経った四月十四日の夜、風呂場にいた英明は、ドンと突き上げたあとグラグラ揺れたのに驚き、倒れそうになる整理棚を必死に押さえた。台所でガラガラガシャンというすさまじい音がした。食器が割れた音だった。揺れが収まったと思うと余震なのかまた揺れる。片付けなどしてはいられない。車に逃げるしかないとアパートから外に飛び出した。隣の一人暮らしのおばあさんも、外に出ていた。

「おばさん、ここにいたらあぶないですよ。いっしょに避難しましょう」

ふと、昔世話になった真吾のおばあさんを思い出した。同じくらいの年齢だと。

近くの公園で車中泊をした。ニュースを聞くと、熊本はどこもひどい状態だという。実家に電話をすると、皆無事、被害も、たいしたことないというのでほっとした。

しかし、次の日の夜、もう昨日のようなことはなかろうと、荷物を片寄せて、部屋の真ん中に蒲団を敷いて寝ていると、前よりももっとひどい揺れがきた。十六日にはなっていたが、朝まではまだ間がある時刻だった。電気もつかない、真っ暗な中、やっとの思いで外に出た。車は大丈夫だった。隣人といっしょに避難所に行った。人がいっぱいで、若い英明は、雑用で実家に電話をかける時間も取れなかった。いや、何回かかけてみたけど繋がらなかった。

夜が明けてしばらくしてやっと繋がった。電話に出た母は元気のない声で言った。

「今度はダメ。こがんこつはなかよ。仏壇も倒れとるし、墓も壊れとる。家の中はぐちゃぐちゃたい。お父さんは、腰の抜けたごとなって、片付けもできん」

「こっちもひどかけど、とにかく帰るよ」

家までの道路は通れるだろうか。ガソリンは足りるだろうかと心配だったけれど、宇土の実家に向った。

実家は古いけれど、がっちりとした木造の平屋で、転げ落ちた物を片寄せれば、寝る所がないというほどではない。父もどうやら歩けるようになっていた。

しかし、仏壇はひどかった。阿弥陀様も転がっているし、戸袋の中から飛び出した経典やら書き物がちらばっていた。それらをかき集めて、元に戻そうとして気になったものが二つあった。古い過去帳と思われるものとぼろ布。ぼろ布といっても、家紋の部分だけ切り取ったものであった。その家紋には見覚えがあった。曽祖父の物、いやもっと前の祖先から受け継がれてきたという紋付羽織についていたものではないか。小さい時見たことがあったような気がする。いや、その他でも見たことがあると思った。しかしとにかく片付けなければならない。あとで、あとでと自分に言い聞かせて、戸袋にしまった。余震はだいぶおさまったようだった。

次の日も仕事は休んだ。墓地へ行ってみると、墓石が倒れていた。苔むした先祖の墓だった。墓石の底が、横向きになって見えていた。底の泥を落すと、疵のようなものがあった。よく見ると十字を刻んであるようだ。

(あっ、これは十字架ではないか)

急いでカメラのシャッターを押した。前にも仕事中に見たことがあった。それは切支丹の墓石を再利用したものだと言われていた。

(と言うことは、俺の先祖も切支丹だったかもしれない)

考え出したら調べなければ気がすまない。夜になって電気がついたから、気になっていた二つのものを取り出してみた。家紋の写真も撮った。

古い過去帳らしきものを開けてみた。正式のものではないらしく、法名はなく、四、五人の名が書いてあるだけだった。

文化十年三月五日
　石山の吾平　享年　六十八歳
（この人が石山家の初代らしいな）
文政六年五月十二日
　吾平の妻　清　享年　七十歳
弘化二年二月三日
　吾平の次男
　石山の正平　享年　六十七歳
嘉永元年四月十日
　正平の妻　里　享年　六十五歳

記述はここで終っていた。あとはどうなったのだろう。長男はどうしたのだろうと思った。よく見ると、糊で貼り付けて、二重になった部分があった。英明はそこをそっとはがしてみた。字は薄れていたが、次のように読めた。

没年不明

吾平の長男　真助
天明六年　十歳の時出奔
文化元年　佐々山家の養子になり、真之介と名乗る
それだけであった。
佐々山だって、真吾や真子と同じ名前だ。ということは、俺の先祖は吾平だから……佐々山と血が繋がっているのか。あっ、あの家紋、真吾の家の家紋と同じだ。真吾のお父さんが中学の時亡くなって、葬式に行った。その時見たのだった。英明の心臓はパクパクしていた。真吾や真子に話したいと思った。
その時、携帯電話の着信音が鳴った。真子だった。
「熊本の地震は大変でしたね。大丈夫でしたか。心配しています。佐々山真吾さんの方はどうですか。こんどの連休にボランティアに行こうと思っています。熊本のことだからいてもたってもいられなくて」
「わあすごい。俺も話したいことがあって…いやそれは今度にして。ありがとう。家は大丈夫。だいぶ片付きました。真吾にも連絡するよ。あそこは大変だと思う。壊れた市役所の近くだし、両親は早くになくしたけど、年寄りも抱えているし。ありがとう。また、連絡します」

通話が終るとすぐに、真吾の家に電話をかけた。繋がらない。何度かけても同じことだった。高校の途中から、疎遠になっていたので、携帯電話の番号は知らなかった。固定電話にかけるしかなかったのだが、それがだめなら直接出かけてみるしかない。もう夜が遅い。すべて明日のことだ。

床についてもなかなか眠れなかった。真吾や真子の顔が目の前にちらついた。真吾はこわがりだったからなあ。いつか、外国の地震のニュースを見て、キャーと悲鳴を上げたからびっくりしたよ。うまく逃げたかなあ。規則は絶対守るやつだから、いつもどおりにしようとして困ったかもしれないな。鬱になっているということだけど、どうしているだろうか。名前も見かけもそっくりだけど、真子の積極的でたくましいところを分けてもらったらいいのにな。夢の中で真吾と真子を双子のように、いや、同一視していた。そして、自分達三人は兄弟のようなものだと思っていた。

次の日の朝、食料などの買出しに行くと言って実家を出た。昨日発見したことや考えたことは両親には言わなかった。こんな時にへんな妄想に取り付かれたと思われて、かえって心配をかけるといけないと思ったからだ。ただ、町のようすや友達の安否を確かめるから、夕方になると伝えた。明日には、仕事が待っている。

真吾の家は、古い町並みの中にある。全壊の家がかなり見られる。彼の家も漆喰壁が崩れ落ち、傾いている。声をかけるが誰もでてこなかった。壊れた窓からおそるおそるのぞいてみると、中はひどい状態で、片付けにも手をつけていないようだった。

外にいた近所の女性に尋ねてみた。

「佐々山さんの家族はどうされているか、ご存知ありませんか。私は友達の石山といいます」

「お友達ですか。お孫さんのお友達はめずらしか。おばあちゃんは愉快な方ですけどね」

こんな時なのに親切に教えてくれた。

「地震の時、おばあちゃんがけがをされたそうで、救急車で運ばれたんですよ。隣町の病院に入院されたということです。お孫さんは看病に行っているんじゃないですかね」

病院の名前をやっと聞き出すと、英明は車を走らせた。病院はごった返していた。地震でけがをした人、病気を発症した人、悪化させた人、その付添い人。電源はどうやら回復したが、治療はままならないようだった。

その中に、憔悴しきった顔の真吾が立ち尽くしていた。

「おい、真吾大丈夫か」

英明が声をかけても虚ろな目をしている。隙間を見つけて、彼を座らせ、自分も腰を下ろしながら言った。

「俺、中学の時いっしょだった英明だよ。覚えてくれているよな」

「ああ」

ちらっと目を上げたが、真吾はまた下をむいた。

「お互い大変だったよな。俺の親父も腰が抜けちゃって。被害はたいしたことなかったけどね」

あまりはげましの言葉をかけすぎても落ち込むかもしれないと、軽い調子で言った。

「おばあちゃんがけがしたんだって」

「うん、大腿部の骨折」

「手術したんか」

「ああ、さっき終った。麻酔で眠っている」

「歩けるようになるまで、長くかかるんだろう」

「年寄りだから三ヵ月ぐらい」

「その間一人で何もかもか。地震の後始末もあるしな。俺、手伝うよ」

真吾は、無言でうなずいた。

「連休には友だちも連れて来るよ。ぜひ、会わせたいんだ。びっくりするぞ。地震の後片付けですごいものを見つけて、その話をしたかったんだけどまた今度な。それまで、ちゃんと飯食って、ダウンしないでくれよ。これ家から持ってきた握り飯だけど食ってくれ。コンビニには何も売ってないから」

英明は握り飯と飲み物を握らせた。

「ありがと」

真吾はやっと聞こえるくらいの元気のない声で言った。

「片付けだけど、古い書付なんか出てきたら捨てない方がいいぞ。お宝が出てくるかもしれない。俺のところがそうだった。いっしょに片付けさせてくれよ」

英明は、また電話するからと、携帯電話の番号を聞き出して別れた。

真吾の落ち込んだ様子に、英明は俺達は兄弟のようなものだよ、という言葉も飲み込んだ。

次の日から、あちこちの復旧工事で忙しくなった。昼間は電話をする時間もない。それでも、毎晩真吾に電話をして様子を聞いた。しっかり者だったおばあちゃんは、手術以来訳のわからないことを口走るようになったらしい。元気のない真吾に、とにかく少しでも食べるように勧めた。

真吾の家にて

連休といっても、今年はあまり休めない。それでも、二日間だけ休みを取った。一日は真吾の家を片付けて、資料を見つけ出す日。自分たちのつながりの証拠が見つかると信じていた。もう一日は真子を真吾のところに連れて行く日。二人と日程の打ち合わせをすると、真吾もしぶしぶ同意した。ほんとうは知らない人に会いたくはないらしかった。

約束の日、真吾の家に行くと、傾いた家はそのままだったが、物は散乱してはいなかった。一人でがんばっていたようだ。古い書付などは、一ところに集めてあった。英明はそれを広げてみた。歴史好きで、古文書の会にもしばらく通ったことがあったので、少しは読めたのである。

「あった」

和綴じの日録風の物で、表に天明六年佐々山治衛門とあった。中に綴じ込まれたよれよれになった巻紙はもっと古い。襖の下張りにでも使ったものらしく糊の跡がある。寛永十六年佐々山治衛門の名があり、同じ名を代々受け継いでいたらしい。英明は内容を判る範囲で要約しながら驚いた。巻紙は子孫に言い残したものだった。

『自分は小西家に仕え、切支丹であったが、関ヶ原で主家を失い、家を守り残すために、教えを捨て、宇土細川藩に仕えた。兄弟は二人いたが、一人は浪人のまま、島原の戦で行方も知れない。討死したのであろう。もう一人の女子は、小西様の城造りに従事していた切支丹の石工と夫婦となり、立岡付近に隠れ住むことになった。この者には佐々山家の家紋のついた紋付を持たせた。何か事ある時には、その者、その子孫の助けになってくれるように』

(ああ、やっぱり俺の家は佐々山家と縁続きだったのだ。布に付いていた家紋が証拠だ。そうに違いない)

英明はどきどきしながら和綴じの頁をめくった。四代目の治衛門が書き残したものであった。

『天明六年、切支丹の発覚があり、絵踏がまた厳しく行われることとなり、私は担当者となった。ちょうどその頃、初代が書き残したものを発見し、我一族の者が踏絵を踏むことが出来るか不安であった。立岡に住む石山の吾平の子が絵踏を嫌がった。吾平は我家と同じ家紋をつけていた。私は、その子を気の触れた者として、知り合いの寺に預けることができた。利発な子で石工の弟子となり、さらに佐々山家の養子とし、真之介と名乗らせた。そして伊能氏について測量術を学び、全国を回った。

追記　消息が途絶えたが真助という名に戻ったともいう』追記は五代目が書いたらしい。

英明は、真子の家に伝わった先祖の話はこれか。やっぱり真子も一族だと狂喜した。彼は自分に落ち着け、落ち着けといいながら、真吾と向かい合って話し始めた。真吾は前に会った時と違って、顔を上げててきぱきと作業をしていた。そして、英明の話も興味深そうに聞いていた。話が終ると、英明の方をまっすぐ見て言った。

「よかった。英明と友だちで、それに遠い親戚らしいとわかって。ありがとう」

「ほんとうにそう思うかい。こちらこそうれしいよ。真吾、この間よりずいぶん元気になったな。それもうれしいよ」

「ばあちゃんが寝たきりになった上に、わけのわからないことを言うようになったろう。世話するのは僕しかいないと思ったら、くよくよしてはいられなくなったのかな。そうしたら、ご飯も食べられるし、力も出てきた」

「さあ明日は、もう一人の親戚がやって来るよ。びっくりするぞ。真吾とそっくりなんだよ。名前までもね」

次の日、英明は真子と連れ立って真吾の家に向った。傷んだ道を慎重に運転しながら、今までのことを話した。

「佐々山真吾さんだけでなく、英明さんとも血が繋がっているんですって。すてき」

「俺も真吾も先祖は切支丹だったんだ。真子さんと同じ心を持っているよ。よろしくね」

真子と真吾は、顔を合わせると同時に、お互いあまり似ているので、笑い出してしまった。

「フランス旅行で英明さんに会った時、自分と似た所があるなと思ったんです。目的に一直線な所とかね。そして、もっとそっくりな人がいると聞いて、会ってみたいと思いました。会えてよかった。その上、三人が遠い親戚だなんて、すばらしいわ」

「そうだ、三人は兄弟のようなもんだ」

英明が言うと、またみんなで笑った。

原城にて

二〇一七年四月十六日、地震から一年が経っていた。三人で島原の原城址に向った。先祖の縁の地を訪ねようということになったのだ。運転は英明、後に双生児のような二人が座って、仕事の話をしていた。

一年前、真吾のおばあさんを見舞った真子は、被災して元気をなくした老人達を元気づける仕事が熊本にないかと探した。今は作業療法士として、熊本の老健施設で働いていたのだ。雛人形や壁飾りなどを老人といっしょに作ったり、よもやま話をするケアは喜ばれるし、真子の生きがいともなっていた。

真吾は、おばあさんの介護をして大変だった経験から、介護の負担軽減ができる介護ロボットの研究に取り組んでいる。高校の時尊敬していた先生が『人の役に立つことをしていると思うことができたら、充実した人生が送れる』と言われたことをしみじみと思い出していた。

英明は、熊本城の石垣の修復の仕事をがんばっていた。石を順番に並べるだけの仕事に疑問を感じたり、上司に叱られたりすると、嫌になって引きこもりになりそうなこともあるが、相談できる友達が二人もいるので立ち直りが早かった。

原城本丸付近に〈骨かみ地蔵〉が祀ってあった。説明書きを英明が読んで言った。

「戦さで死んだ人の骨が野ざらしになっていたのを、後に拾い集めてここに埋葬したんだって。なんか悲しいね」

草原になっている本丸跡から、海岸を見下ろした。

「兵糧攻めで食べる物がなくなって、貝や海草を採りに海岸に下りたそうだよ。ほら、あの辺りかな。冬だったから寒かったろうね。そこを軍艦から攻められて、みんな死んだそうだ。死体は潮に運ばれて海の底。精一杯生きていたのにね」

真吾がそう言うと、三人は黙って坂を下りて行った。城の石垣は壊されて、崖から落と

た。
そっと手を合わせると、記念館に足を運んだ。展示品の中に、小さなメダイがあっ
「石の下に死んだ人が埋まっているんだ。俺達の御先祖様の骨もあるかもね」
されていた。

「このメダイ、こんなに小さくて壊れているわ。私のメダイよりももっと。大事にしてい
たんでしょうね。メダイに手を置いてお祈りしたのでしょうね」
真子は、展示ケースの上に手を置くと祈り始めた。
「私達はあなた達の子孫です。あなた達の分も一生けんめい生きていきます」
真吾も英明もうなずいていた。
記念館の外に出ると、空は晴れわたり、爽やかな風が吹いていた。真子が首にかけてい
たメダイが、お日様に照らされてきらりと光った。メダイに彫られたサンタマリア様も、
抱かれたイエス様も磨り減って、ぼんやりとしていたが、それは、このメダイの長い長い
軌跡を物語っていた。

短編集

トランク

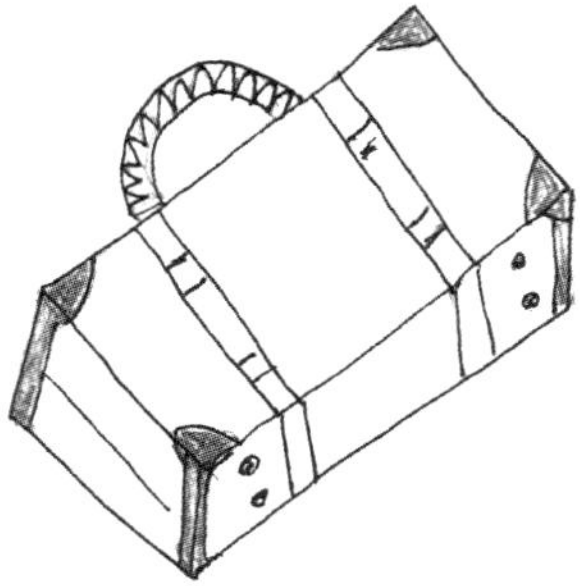

その一

昭和六年五月、列車が門司に着くと、真新しいトランクを抱えて正雄は走った。関門海峡の連絡船に乗り込むためだ。トランクは就職して神戸へ向かう息子のために、母がへそくりをはたいて用意してくれたものだった。着替えと、身の回りの物を入れただけのそれは、たいして重くもなかったが、傷つけては大変だと抱えてみたものの、ひどく走りにくかった。

家を出る時、寡黙な二人が交わした言葉は

「行くけん」

「遅れんごつせんばんぞ」

ただそれだけだった。

正雄の家は、球磨川のほとりにあった。肥薩線の駅は近くにあったが、めったに乗ることはなかった。五年間通った八代の中学へも歩いて行った。船も球磨川を下って、梨などを売りに行く小舟に乗せてもらったり、時たま向こう岸への渡し舟に、乗っていたぐらいだ。

門司までの汽車の中で、彼はトランクを抱いて小さくなって座っていた。

正雄の父は、宮大工だった。あっちこっちの普請場に出かけて、家にはあまりいなかった。居ても弟子たちが、いつも回りに四、五人いて、子どもたちと話すことはほとんどなかった。正雄には、怖い人だったが、憧れの人でもあった。息子は三人だったが、長男は教員となり、次男は早世した。そこで、父は正雄を跡継ぎにしようと考え、中学へもやらないつもりだった。だが母は、他の子は女の子も上の学校へやったのだから、一人だけ学校を出さないわけにはいかないと反対した。もっとも、彼は不器用で宮大工になれるはずもなかったのだが。

正雄は、中学を出ると、地元には働き口がなかったので、知人の口利きで神戸へトランク一つ持って出たのだった。

その二

神戸の駅で出迎えた知人の田山氏は、彼を一目見て、商売には向かないなと心配になったのだが、

「佐川君だね。何も心配することはないよ。すぐに慣れるさ」

とあいそ良く言って、先にたって歩き出した。学生服にハンチングといったへんちくり

んな格好の少年は、固くなっているのか、にこりともしない。丸い眼鏡の奥から、時々挑むような目を上げ、肩をいからせて歩く。目とは対照的な小さな優しそうな口元から出た言葉は、

「よろしくお願いします」

という、聞き取れないくらいのぼそぼそとした一言だけだった。

彼が連れて行かれたのは、神戸港の一角にある、インド人のK氏が経営する小さな商社だった。K氏は、

「ヘイ　ボーイ、早く仕事覚えることね」

と言った。

中学校を出たといっても、彼の仕事は給仕で雑用ばかり、丁稚奉公とあまり変わらなかった。品物の運搬、書類の取次ぎ、それに掃除、家ではやったことのない仕事だった。K氏や先輩からは

「だめだめ、郵便局にもいけないのか」

と田舎育ちの彼は怒鳴られた。丁稚奉公と違うところは、店とは別の所に下宿を世話されたことだった。そこでだけは、自分の好きにできた。部屋の隅にトランクを置いて箪笥がわりにした。

彼が安い給料で最初に買ったのは、茶色の背広だった。安物のぺらぺらした物であったが、いつまでも学生服のままでは、「へい　ボーイ」と呼ばれるしかない。格好だけでも一人前に見られたかった。倹約、倹約と食費を削って、やっと買ったものだった。しかし、その背広はトランクに入ることはなかった。なぜなら、一枚しか持っていなかったからである。

その三

仕事に慣れてくると、彼は休みの日には本屋に寄るようになった。手に取ったのは英語の本だった。と言っても、易しい子どもの本だ。なんとか英語が読めるようになりたかった。雑用ばかりの仕事には、うんざりしていた。英語で書かれた書類が読めるようになりたかったのだ。あらすじを知っているガリバー旅行記などを、挿絵を手がかりにしながら辞書を引き引き読んでいった。だんだん英語の文章に慣れていった。

休み時間にも、彼は本を手にすることがあった。

「おい、佐川、何を読んでいるんだ。童話の本じゃないか。いつまでも子どもの本を読んでないで、大人の本を読んだらどうだ」

と先輩がくれた本は、人生論ノートであった。その本は、英語の勉強にはならなかったが、ひどく気に入った。彼のトランクには、英語の本とともに人生論やキルケゴールなどの哲学の本も増えていった。

その四

正雄は、この商社に十年ばかり勤めた。二十歳になって、徴兵検査を受け、丙種合格。なぜか大分の連隊に召集されて、訓練を受けた半年間を除いては、同じ下宿にトランク一つ、りんご箱一個を置いて暮らしていた。

仕事も覚え、英語の仕切り書も作れるようになり、英文タイプも打てるようになった。番頭格の先輩を除いては、古参の社員になっていたが、あいかわらずの口下手だった。

「佐川、今月の出荷数は？在庫はどれくらいあるかね？」

こんな質問には即座に答えられた。数字に強く、記憶力も抜群だったが、交渉事は苦手だった。

酒も煙草も覚えた。給料の大半はそちらに消えたといってもいいくらいだった。背広は最初に買った茶色のぺらぺらを、夏も冬も着ていた。色あせて羊羹色になっていた上に、時々かけるアイロンでてかてか光っていた。

「おじさんの洋服はいつも同じだね。冬服はもたへんのか」

と、下宿の息子は悪態をついた。二十代で髪の薄くなりかけた彼は、おじさんといわれても、じろっと睨むばかりで返事をしなかった。

こんな正雄も、酒を飲むとみょうに饒舌になった。休みの日、本屋の帰りに屋台へ寄った彼は、飲みながら愚痴をこぼしはじめた。「安月給で好きな本も買えないよ」

「旦那、こうして酒が飲めて、結構じゃあおまへんか。今日も本を買わはったんでしょ」

と屋台のおやじがなだめるが
「いや、おれは、本でトランクをいっぱいにしたいんだ」

と、いつまでもぐずぐず言っていた。そこへ、隅の方に座って、黙っておでんを食っていた男が席を寄せてきた。その男は、黒いセーターに、茶色のマフラーを首に巻いて、正雄と同じようなハンチング帽を目深に被っていた。黒縁の丸眼鏡をずり上げながら、落着かないようすで話しかけた。

「本が好きなんですか」

「ああ好きだよ。読むのも好きだが、集めるのも大好きだ」

「じゃあ、この本を預かってくれませんか。いや、もらってください」

男は、風呂敷包みをさっとさしだした。というより、押し付けるように正雄の膝に置いた。

「なんで？いいのかい？」

「助かります」

そう言うと、男はそそくさと立ち去った。

正雄は、一瞬何が起こったのかわからなかった。それでも、本好きだが金のない彼は少し嬉しかった。

酔った勢いで、その本を持ち帰った彼は、本の表題を確かめもせずに、トランクの中に放り込んで、そのまま寝てしまった。
二、三日たって、正雄は、電車の中で自分を見張っている、目つきのするどい男に気がついた。
「よれよれの背広で、うろうろしていると怪しまれるよ」

と下宿の女主人に常々言われていたから、そのせいかと思った。

次の日、下宿に帰ってみると、

「大変だよ。特高がきたよ。あんたの部屋を家捜ししたけど、何もなかったみたいだね。子どもの本なんか集めて、変な男だと言っていたよ」

と、女主人に言われて、彼はトランクをあわてて開けてみた。先日貰った本も入れておいたはずだがと探してみると、英語版のガリバー旅行記の間に、その小さな本は挟まっていた。ローマ字で、「資本論」と書いてあった。

「特高には見つけられなかったのだ。とんでもないものをもらったものだ」

おでん屋であの男は見張られていたから、『資本論』を手離したんだな。とにかく何かしなければ、とすぐに処分した。いっしょに、キルケゴールなどの哲学の本も焼いてしまった。その後も尾行されていることを感じることはあったが、会社と下宿を往復する毎日で、先日の男に会うこともなかった。あの男は、どうなったのだろうか。自分とは、なんの関係もないとわかったかなと考えているうち、忘れてしまった。

そのうち、戦争が拡大して、外国人の経営する商社はやっていけなくなった。オーナーは帰国するし、正雄も熊本へ帰らざるをえなかった。来た時と同じトランクを提げて、汽車に乗った。ただ集めた本の分だけ、それは重くなっていた。

その五

昭和十八年、正雄は熊本の近郊の町にトランク一つ持って婿養子に行った。苗字が西尾に変わった。彼は、神戸から帰ってから、熊本市内の染物屋の事務員をしばらくしていたが、そのころは徴用で、佐世保の航空省で働いていた。三十才を超えていた彼を、姉の夫が世話をして結婚させたのだ。舅も妻も教員をしており、正雄の家とは、家風はかなり違っていた。

彼は、航空省では、必死で働き、勉強もして、図面が引けるまでになっていた。口やかましい職長だった。仕事をやめて佐世保にやってきた妻は、そこで復職して、長女が生まれるまで、共働きをした。無口な彼は、妻との会話も少なく、どんな仕事をしているのか、どんな本が好きなのかも話したことはなかった。

昭和二十年、空襲の激しくなった佐世保を避けて、妻子を熊本に返した後、すぐに終戦となったが、彼はなかなか復員できず、十一月末になってやっと帰ってきた。家財道具はすべて処分して、トランク一つ持っての帰郷だった。妻がトランクを開けてみると、わずかな缶詰の他は、落下傘の紐など役にたたないものばかりだった。

その六

次の年、正雄は戦災で焼かれた町の復興の仕事についた。忙しかった。航空省で、図面が引けるようになったと言っても、町の建設にはあまり役立たなかった。勉強しようにも専門書はなかなか手に入らなかった。それでも、昼は、現場で指揮をし、夜は、作業員の男たちと酒を飲んで、さらに時間があれば、勉強していた。

「西尾さん、ああたは、なあんも肴もとらんでぐいぐいいくが、体に悪かでしょう」

と忠告する者があると、それには答えず、

「梅干はなかろか。酒の肴にはそれが一番たい」

と言って、またコップ酒をあおっていた。飲めばふだんの無口に似合わず、仕事の話をとうとうと始めて、口論になることもあった。実のところ、同僚や上役と付き合うより、当時失対といっていた作業員と付き合うことを好んだ。

彼等は貧しかったが、それを苦にしないし気前もよかった。技術はなかったが、働き者だった。力仕事や汚れる仕事も嫌がらず、体がすぐ動いた。

その中の一人に、川本がいた。彼は、よく正雄の家にも顔を出して、男手のいる仕事など手伝ってくれていた。ある日のこと、

「西尾さん、うなぎのとれたけん持ってきましたばい。まっとんなっせ。今から裂いて、蒲焼ば作ってやるけんな」

と、うなぎの頭に目打ちをさし、背開きにしていく。見事なものだ。正雄の子どもたち

は、食い入るように川本の手元を見ていた。

正雄は、そのころ土木建設の仕事をしているので、「宮大工の父の跡を継いだのは自分だ」と言っていたが、大工仕事をすれば、釘を打たずに手を打ったりする。それを見ている子どもたちには、川本の手際は、驚異的なものだった。

当時の仕事は、つるはし一本、スコップ一丁で進められた。重機もなく、ミキサー車も満足なものがない中、道路を作ろうというのだから、厳しい仕事だった。

正雄は、細かな仕事は苦手だったが、設計はしっかりしたものだった。その上率先して働いた。夜は、いっしょに酒を飲むことも多かった。それで、現場の作業員たちには人気があった。そんなところは、宮大工だった父親譲りだったかもしれない。

昭和二十六年九月、台風が迫っていた。正雄は建設中の二つの橋が気がかりだった。

「今度の台風は雨台風だそうだ。夜が明けたら、現場にいくぞ」

と彼は妻に言った。

「明日は日曜でしょう。お休みじゃないのですか。本当にこっちに来ますかね」

臨月に近い、夕方から気分の優れない彼女は、物憂そうに答えた。明け方近く、風雨が強くなったころ、彼女は、急に陣痛に襲われた。

「産婆さんを呼んでください。まだ、予定日までだいぶあるのにおかしいの。頼みます」

「どこだ。産婆さんの家は」

「新町の一丁目の角です。看板が出ていますから」

彼女は、苦しそうに息をしながら言った。

「産婆の家に知らせに行ったら、俺はすぐ現場に行くけどいいな」

「連れて来てくださらないのですか」

「そうしてはいられない」

その時、玄関の戸が叩かれた。

「西尾さん、西尾さん。早くきてください。水量が増えています」

部下の松下の声だった。その声に、正雄は飛び出していき、産婆さんを呼びには行かなかった。結局、まだ暗い嵐の道を迎えに行ったのは、未婚の妹だった。

妻は苦しんで苦しんで、嵐の中の死産だった。三番目の女の子だったのだが。彼が台風の去ったあと、夜遅く
「おい、橋は流れんだったぞ」

と帰ってきた時、死んで生まれた子は、小さな布団に寝かされていた。長女の大事にしていた人形が傍らに置かれていた。彼は、何とも言う言葉を持たず、二階の自分の部屋に上がると、しばらくしてまた出て行ったのだった。正雄は口べただった。自分の思いやり

の気持ちを表現することなど、とてもできなかった。妻や子を思う心がなかったわけではない。やさしい心を口にしたり、行動にできなかった。まして、苦しむ妻の頼みを無視して仕事に行ってしまったので、家にもいたたまれなかったのだ。雨もまた降り出した。男は仕事が命だと、自分に言い訳をしていた。

現場で働き、自分なりの勉強もしていった正雄は、自信がついて、一度言い出したら譲らない性格がますます強くなっていった。いつのまにか役場一のもっこすと言われるようになっていた。課長にだろうが、町長にだろうがかまわず意見を言って煙たがられる存在でもあった。

仕事上の意見の違いから、辞表を胸ポケットに入れていたことも何度もあった。それは一度も出すことはなく、そのたびに古いトランクに投げ込まれた。

その七

町は町村合併によって市になり、仕事は戦災復興から、都市計画事業となった。新しい道作りや、道路幅拡張などの仕事が主となっていった。住民との折衝は、正雄には、きつい仕事だった。家に帰ると、晩酌の量が増えた。

「Fのおっかさんは文句ばかり言って、こっちの話はきかん。息子の地位を自慢して、言いつけるぞといわす。話にならん」

「Oの家の子は、顔さえ見れば、帰れと言って、石ばなぐっとぞ。やかましもんのおっかさんがいわするとだろ」

一升瓶を引き寄せながら愚痴を言った。とくに元気者の女性との交渉が苦手だった。妻や子どもたちにも、

「ひとに指図するような女にだけは、なるなよ」

といつも言っていた。

またそのころから、よく自分のしてきた仕事を自慢するようになった。子どもたちが、遠足に行くとなると、目的地にある橋は自分が設計しただの、現場監督しただのと自慢げに
「よく、見て来い」

と言った。

長女が、中学生になったころ、中学校は、田んぼの真中にあって、排水がひどく悪かったが、暗渠排水という方法を彼が提案して、施工されずいぶん改善された。それはまだ全国でも珍しい方法だというので、自慢の種だった。

都市計画事業も終わって、しばらく経った頃、

「うちの都市計画事業が大臣表彰になったそうだぞ」

家に帰るなり、正雄はそう言った。

「市長が、賞状を受け取りに東京に行くそうだ。職員も一人ついていかなん」

彼は、自分がその事業の一番の功労者であり、一番苦労したのだから、ついていくのは当然自分だと思っていた。

「新しいトランクを一つ買おうかな。式服も持っていかなければならないから」

と珍しく嬉しそうに言った。ところが、その必要はなかった。上京する市長に同行したのは、秘書課の職員だった。現場での仕事はできるが、無愛想で人付き合いは下手、市長とも対等に口をきく彼は、鞄持ちは務まらないと選ばれなかったのだ。

彼は、気持ちが収まらず、また辞表を書いた。しかしそれを出すことはできなかった。かわりに浴びるほど酒を飲んだ。

賞状の中には、担当者のものもあったが、それを後で市長から貰った彼は、憮然としていた。

「俺が東京で貰うはずだった賞状を市長が取ってきて、俺ば市長室に呼びつけて威張ってくれたつばい」

その後もたびたびそう口にした。現場一筋でひょうひょうとしているように見えるが、功名心は強かった。彼の新しいトランクは、買われることはなかった。

しばらくして、他の課に配置換えになった彼は、勉強に使った設計などの本を、何冊も古いトランクに入れて、押入れに仕舞いこんだ。

了

もう一つのトランク

佳子は、別棟の二階に通じる階段をギーギーというてすりを頼りに上りながら、つい独り言を言った。

「なんて急なんだろう。こんなに狭くて急なのに、お父さんもお母さんもよく五十年も使っていたもんだ。慣れたら平気だったのかな」

その二階の部屋を父母は、居間件寝室にしていたが、父が寝付いてからは、ただの物置になっていた。そして、五年前父が逝き、母も階下に自分の部屋を持ったので、取り壊すことになっていたのだった。母は父の遺品にとんと執着しなかった。

「二階にあるとは、古いがらくたばかりだけん、捨ててよか。私はもうきつくて二階には行ききらん。あんたがよかごつしてはいよ」

そう言われて、まずどんなものが残っているか調べてみようと、階段を上ってきたのだった。破れた障子を開けると、出窓のついた八畳間。箪笥やら本箱、出窓の下にもいろいろ詰っている。

「これは、これは大変だ。中を見るだけでも何日もかかりそう」

くせになっている独り言をまた言いながら、横の一坪ほどの納戸を覗いた。そこはさらにほこりだらけで、壊れた本棚や木箱、紙箱などで足の踏み場もないとはこのことかと思われた。

ガタピシと押入れの襖を動かすと、古い蒲団や蚊帳などが雪崩落ちてきた。そして、隅っこから、トランクが二個現れた。一つは見覚えのある茶色のもの。父が旧制中学を卒業して、神戸の小さな商社に就職した時に祖母が持たせてくれたというもので、この家に婿養子に来た時も下げてきたと大事にしていたものだった。

もう一つは、見たことのない大きい黒いトランクで、ぴったりと蓋がしまっていた。さわってみると、鍵はかかっていなかった。ガシャという音とともに開いた。

「これなに」

思わず声が出た。緑色のごついリュックサックの肩紐のようなものが見えた。引っ張り出してみると、小さいハンモックのようなものがついている。座るところがあるようだ。今まで見たことのないものだった。

(ひょっとして、落下傘の部品じゃないかな)

佳子が子どもの時、落下傘のつりひもだというものを工作に使えと、父が出してくれたことがあったことを思い出した。

「でも、どうしてこんなものが。隠していたんだろうか」

さらに、底のほうから出てきたものは、軍隊手帳、愛読書だったらしい小型の英語の本。その取り合わせが不思議に思えた。とにかく、このトランクは、軍隊のころのものにちがいない。このまま捨てるわけにはいかない。調べてみたいと考えながら、急な階段をそろそろ下りたのだった。

ダイニングでガサゴソ音がする。

「お茶を入れたよ。あんたも飲まんね。クッキーもあるよ」

どうだったと様子を聞く前に、母はお茶を飲めと言う。二階の物には関心がないようだ。自分の物はあらかた持って下りているからだろうなと佳子は思った。

「ちょっと待って。手を洗ってくるから。古いものを触ったから真っ黒だよ」

「どがんだったね。たいしたものはなかったろう」

「そうね、古道具屋や古本屋が少しは持っていくかもしれないよ。ところで、押入れにトランクがあるのは知っとったね」

「あの、茶色のだろ」

「それとは別の黒い大きいやつよ」

「それは、しらん。どがんとだったかな」

「珍しいもんの入っていたよ。落下傘のようだった。それと軍隊手帳と英語の本。佐世保から持ってかえんなはったつだろうか」

「そがんだろうな。でも、佐世保では軍属だったけんなあ」

「軍属のお父さんについて佐世保に行って、私が生まれたつでしょう。お父さんは陸軍航空省勤めだったて言ってたね」

「そう、そこで飛行機の図面書きをしておんなはったから、終戦後、それが役に立って、役場の土木課に勤められたつよ」

この話は何回か聞いたことがあった。以前は、疑いもしなかったが、どうもおかしいのではないかと思った。航空機と土木や測量とはまるで違っているし、父が後に勉強したらしいおびただしい数の土木建築関係の本を目にしていたからだ。

「そして、毎日家から通いよんなはったとね」

「そう、だいたいね。弁当持って、山手に住んでいたから、山道を下ってね。私は、山手の学校に勤めとったけど、熊本とは言葉も違うし、苦労したよ」

母は懐かしそうな目をして、自分の話に移っていった。佐世保は軍港で、海軍の町。飛行機も海軍所属ではないのか、陸軍航空省というのはあったのかなと、ふと思ったが、立ち上がって夕飯のしたくにかかった。

夕食後また、佳子は母に聞いてみた。

「終戦になっても、お父さんはすぐには帰ってこられなかったてね。近くなのに」

「そうよ、〝コチラ　ブジ〟という電報一本打っただけで、暮までよ。四ヵ月もだけん」

いつもながらのはなしであった。いろいろ後始末があったというが、それほどの責任ある仕事だったのだろうか。

父の正雄は、無口な人であった。ただ酒を飲むと仕事のことで議論したり、愚痴を言ったりしたものだった。時々は若い頃の話もしたが、新兵のころのほかは、軍属時代のことなど聞いたこともなかった。それで、黒いトランクをみつけたとき、佳子の好奇心が湧き上がってきたのだった。

次の日曜日、佳子はまた二階へ上がった。とっておく物と捨てる物との仕分けのためであった。取りあえず、いる物は自分の部屋へ、いらない物はごみとして処分してもらうように話はついていた。二つのトランクも処分品となったが、中味は自分の部屋に持っていくことにした。仕分けをしながら、ちょっとだけ英語の本を開いてみた。表紙の裏に〝佐川正雄〟と父の旧姓と部隊名が書いてあった。次に、軍隊手帳を開いた。昭和十五年四月とある。父は三十歳近くなって、また召集されていたのだ。〝陸軍上等兵〟そして〝諜報〟という字が目に入った。佳子は、ドキッとしてそれを閉じてしまった。

「これを調べていたら、片付けができないよ。こんど、こんど」

いつもの独り言を言いながら、その二つを大事な物として取り分けて、また仕分けを始めた。手は動かしながら考えた。

（なぜ、二回目の徴兵のことを隠していたのだろう。〝諜報〟だからスパイ。まさか、そんなことのできる人ではなかった。融通の利かない人だった。神戸の外国人の店は、対米戦が始まって、店が撤退したのでやめたと聞いていたが、その前に兵隊にとられていたのだ。それにしても、英語の本は、そのころ大っぴらに軍隊の中で読んで良かったのだろうか。辞書を引きながら、内容をこんど調べてみよう）

その夜また、佳子は母のミチに聞いてみた。

「お父さんは、どんな部隊におんなはったとだろうかね」

「陸軍の砲撃隊と聞いていたがね。機関銃の稽古をしていたそうだよ」

「それは、新兵の時のことじゃなかね。結婚する少し前も兵隊だったようよ。軍隊手帳があったから」

「その話は聞いたことがなかねえ」

「家に婿養子に来られる前も軍属だったのかなあ」

「神戸から帰ってきて、姉さんの家に居候して、染物屋で事務をしていたと聞いていたけどね。軍属に徴用されたから、結婚をまわりが急かしたのじゃなかろうか」

母は、結婚相手のことも良く知らなかったようだ。当時としては当たり前のことだろう。

「お母さん、お父さんは英語の本を軍隊で読んでいたようだけど、咎められんだったのだろうか」

「佐世保の家には置いてなかったと思うけど。英語は敵性語だったからね」

母の話では何もわからなかった。

二階の片付けには何日もかかった。どうやら取り壊すころには、佳子は黒いトランクのことは忘れていた。ところが、終戦記念日も近まったころ、テレビでアメリカ兵が落下傘を使って上陸する場面が映っていた。

「あっ、あれは、うちのトランクに入っていた物と似ている」

思わず声がでた。色もそっくりだし、星のマークもついていたようだ。ではあれはアメリカのものだったのかなと思い、食い入るように画面を見詰めていた。

あくる日、山積みになっている荷物の中から、あの落下傘を探そうとした。ところが見つからないのである。布の一部分と、ぜんまいのような伸縮性のある細いワイヤー、バックルのついたベルトと細い紐が少しだけ出て来た。佳子が取っておいたものとは違うように思えた。それに、軍隊手帳と英語の本もない。

(ない、ない。どこにいったのだろう。捨てる物の中に混じってしまったのか。トランクの中に入れたままだったのか)

いらいらして探し回ったが、無駄だった。しかし、父母の結婚写真や、その頃のアルバムが見つかった。結婚は、昭和十八年四月三十日とある。十九年の七月三十日に写したらしい二人の写真では、父は軍服のような物を着て、母は縞の和服であった。もう少し前の兵隊仲間との写真も三枚あった。〝昭和十六年三月、石垣原廠舎にて〟と裏書があった。軍服と軍帽を身につけていた。やっぱり、十六年には兵隊だったのだ。それがどうして、十八年には軍属として佐世保にいたのだろう。石垣原は別府近くで軍病棟があったそうだ。

祖父も使っていた本棚の中には、英語関係の本が何冊もあった。昭和十六年発行の本も三冊見つかった。英文に日本語の解説がついているようだった。他に祖父のメモも見つかったから、父のものかどうかはわからない。昭和二年発行の全英文の本には、ＳＡＴＯと署名があった。いろいろ考えるところはあったが、本当のところは何もわからなかった。そして、父は佐世保で何をしていたのだろうという疑問がまた湧いてきた。

盆の墓参りに、叔父が叔母と連れ立ってやってきた。叔母の夫である雄二は、予科練に志願して、訓練を受けたが、特攻に飛び立つ前に終戦を迎えたと、佳子は聞いていた。ただ、そのことを話すことはほとんどなかった。いや、避けているようにも思えたが聞いてみた。

「うちの父は、終戦のころ軍属で、飛行機の図面を引いていたというのだけれど、そのころも飛行機を作っていたと思いますか」

「十九年ごろからは、乗る飛行機も補充がなくて、山の中に飛行機を隠して守っていたたい。燃料も不良品しかなくて、ブスブスいいだすと、いつエンジンが止まるかドキドキして乗っとったよ。もう、作ってはおらんだったんじゃなかろかね」

叔父は複雑な表情で言った。すると、叔母が、女学生のころを思い出して言った。

「中学生も女学生も、勤労動員で飛行機や弾を作りに行ってたよ。作っていたつだろ。どの家も鉄や銅を供出したもんね」

「だけど、ゆうちょうに図面を引いていたかな。何か別の仕事をしていたように思うけど」

佳子がそう言っても、叔母は義兄の経歴を疑わなかった。

そもそも軍属というのは何だろうと、図書館で検索してみた。あるある関係の本がたくさんあって、どれを見ていいか分からない。父のことに引っかかりそうな本を二冊借りた。一冊は、軍服の写真集。その中の陸軍のものと、昭和十六年の父の写真と比べてみた。その頃変えられた簡易な服とほぼ合っている。次に、陸軍軍属の物を見た。これも、背広襟、胸に縦の切り替えで、ボタンつきの胸ポケット、さらに、腰にふたつきポケットがあった。父の写真とそっくりだった。写真を見て、十六年ごろ陸軍の兵隊だったこと、十八年ころから軍属だったことは確かだと、佳子にもわかった。しかし、十六、七ごろ軍隊にいたのに退役して、すぐ、また軍属として徴用されたのはなぜだろう。

もう一冊の本『ある商社員と大東亜戦争　徴用軍属ビルマ日記』を開いてみた。商社員の軍属に興味を持ったからだ。

『軍属は昭和十三年の国家総動員法によって、特殊技術や知識を持つ者を徴用した。昭和十八年より、工場などの労働にも徴用した』と書いてあって、戦争末期と、当初の軍属は違うことがわかった。父は設計などの技術をもっていたわけではない。十八年以降の徴用ならば、飛行機作りの労働力として徴用されたのかもしれないが、それ以前ならば、求められたのは、語学力ではないかと思った。十年あまりも英語で仕事をしていたのだから。何しろ、十七年の父の様子がわかる資料はないのだから、想像するほかない。

徴用は、突然に白い紙の令状がきて、断ることはできなかった。ただ、その時点の収入に応じて、給与が支給されたそうだ。そういえば、母が佐世保から、実家に送金したり、いざという時のために、預金通帳の番号を知らせている手紙もみつかった。経済的には恵まれていたらしい。この本の作者は、ビルマに勤務した経験から、その地に派遣され、期間は、一年ときまっていた。父はどうだったのだろうと、佳子はまた思った。終戦になっても帰ってこなかったのはなぜか。

佳子は自分でもしつこい奴だと思っている。思ったことはなかなか変えないし、疑問があれば、とことん調べようとする。それに、夢想癖もある。これは、幼い時からのようで、今も見たこと、聞いたことを繋ぎ合わせて、物語を作って納得している。また、世の中には、視覚優位の人と聴覚優位の人がいるそうで、前者は、映像で記憶したり、考えたりするそうだ。彼女は、自分もそうではないかと思っている。幼い頃、若い頃の一場面が、時として映像として現れることがある。また、経験してないこと、会ったこともない人が出てくることもある。これが、夢想癖と重なってとんでもないことを思いつくのかもしれない。

ある夜、佳子が蒲団に入って、父のことを考えていると、若い父が現れた。昭和十六年の写真と同じ軍服を着て、いつか宇佐市平和記念館で見たような通信機器の前に座っている。戦後、子どもの佳子に話して聞かせるほどモールス信号に詳しかった父だが、信号を発信しているふうではない。大きなヘッドホンをつけて、真剣な表情をしている。通信を傍受しているのだ。英語での通信か。暗号か。きっと暗号の解読だ。日本の暗号はアメリカにすべて解読されていたと聞く。日本軍だって、暗号解読に努力していたに違いない。

次に現れたのは、病院のようなところに寝ている父だった。ストレッチャーのようなものに移されて、手術室に運ばれていく。耳の後ろにリンパ腺を取ったという大きな傷跡があったが、きっとその時のものだ。耳の病気では傍受はできない。それで、除隊になったあと、熊本の姉のところに身を寄せた。病気が治ると、二ヶ月もしないうちに、徴用令状が来た。十七年の末のことだったという。

軍属の服装をした父がまた現れた。軍需工場の労務者としてではなく、特殊業務だったので、カモフラージュのため妻を連れて行くことが求められたのだろうか。それは、軍隊の時と同じく傍受や諜報の仕事だったのだろうかとふと思った。しかし、仕事をしている姿は浮かばない。弁当を下げて、山道を下りている父だった。


三日ほどして、佳子の夢に、また父の正雄が現れた。夕暮れ時、大きな黒いものを提げて、山道を登ってくる。トランクだ。木の枝に何か引っかかっている。それを見つけた彼は、おそるおそる木に登り始めた。落下傘の残骸だった。それも日本軍のものではない。空襲中に敵が誤って落としたものらしい。見張られているかもしれない。低空飛行のできるグラマンが、撃ってくるかもしれない。ドキドキ、ひやひやしながら、からまった紐をはずし、やっとの思いで下におろした。そんな思いをしてまで、どうして手に入れたかったのかわからない。しかし、彼は好奇心旺盛だった。また、仕事上からも、アメリカの戦闘用具について、知らなければならないと思っていた。黒いトランクは、書類を処分するために入れて、宿に持ち帰ろうとしていたものだが、その中に落下傘を詰め込んだ。そして、あちらのものは、物が違うなと思っていた。商社に勤めていた時から、物資の豊かさは十分知っていたからだ。

その日以来、父は、夢の中にも現れなかった。終戦から四ヶ月間どうしていたのだろう。拘束されていたのか。それとも、英語が少しはできたから、通訳をさせられていたのかと考えたがどうしてもわからない。隠し通すほど嫌なことだったのだろうかと、佳子は考えていた。

数週間後のことである。佳子が目覚めると、天井が回っていた。重い瞼を押し上げて、視点を定めようとするが、ゆらゆら、ぐるぐる。止めようとすればするほどいけない。ときどき起る自律神経失調症だった。これは疲れやストレスが原因だそうだ。父のことを調べまわったりしたのがいけなかったのか。父が怒っているのかもしれない。起き上がろうとすると吐き気がきた。

しばらく眠ったようだ。どこからか詩吟が聞こえる。あの声は父ではないか。昔、家でも吟じていたなと思いながら、また眠りに落ちようとした。すると、

「佳子、佳子」

父の呼ぶ声がした。現れたのは老年の父だった。一張羅の結城紬を着ている。

「昔のことをずいぶん調べよるごたるね。なんになるとかい」

「すみません。嫌だったでしょう。隠していたのでしょう」

「なんも隠してはおらん。おまえの考えたつは、だいたい当っとる。当っとるが、今さら明らかにせんでもよかろう」

「お父さんのことを知りたかつよ。それに、戦争のこともね。近頃、そのころのことを話し始めた人がいっぱいいるよ。もう、戦争の頃のようなことがあって欲しくないからと言ってね」

父は、それについては何も言わず、黙って腕を組んでいた。

佳子は、おそるおそる昔の事を聞いてみた。父は彼女にとっては、昔から怖い人だったから。

「今さら隠すことでもなかけん、よか、話そうたい」

「終戦になって、俺が仕事をしていたところは、急いで通信機などを隠したので、がらんとしていた。そこに、進駐軍がやってきた。付いてきた通訳を見て、俺は驚いた。神戸でいっしょに働いていたロバートだった。ロバート・サト。二世で、俺と同じ頃店をやめてアメリカに帰ったやつだった」

「ああ、お父さんの蔵書の中にあったＳＡＴＯという署名をした本の元の持ち主でしょう。仲がよかったんだね」

佳子が言うと、父は、くせであるフンと言うような表情をして、また言った。

「ロバートは、俺をじろっと見たが、無視して通訳を続けた。しかし、俺たちの不利にならないようにしてくれたように思えたよ。誰も拘束されなかったからな。一目で変な事務所だとわかったと思うんだが」

そこで父は一息つくと、また話を続けた。

「一行が帰ってほっとしていたら、ロバートが一人で戻ってきて、俺にウインクして言ったんだよ。『いっしょに食事をしよう』とな。なつかしかったし、なにか知られているようでもあるし、逆らえなかった。夕方、ロバートは食事の後、俺の家までついて来た。しかたがなかった」

「あっ、あれ、落下傘を隠した黒いトランクは、家に置いていたんじゃない」

「ああ、すぐに見つかってしまった。『おや、前の茶色のトランクと違うな』と言って、あっという間に蓋を開けてしまったんだ。そして、パタンとすぐに閉めて、にたりと笑って言ったんだ。英語でね。『黙っていてやるよ。だから手伝え』こっちは気が動顛していて、承知するしかなかった。仕事もスパイのようなことをやっていたし、アメリカの落下傘を隠していたので、グーの音もでなかった」

父は悲しそうな目をして黙り込んだ。

「手伝いって、どんなことをしたの」

「ああ、ロバートは二世で、以前日本に住んでいたこともあるというんで、通訳として入隊していたが、本当はそんなに日本語は上手ではなかったんだ。勤め先は、英語が中心のところだったしな。それで、自分の助手をしろと言うんだ。通訳の通訳というわけだ。本務のほかに私用の通訳も仲間に頼まれるような気のいい奴だが、あまり働き者ではなかったから、休みたかったのだろう。それも俺に押し付けたんだ」

「その通訳の仕事は、そんなに嫌だったの。日本人が食べ物もなくて困っていた時、アメリカ軍についていたら、食うに困らなかったでしょう」

「嫌に決まっているじゃないか。日本人に不利なことだとわかっていても、嘘を伝えるわけにはいかない。泣かれて困ったこともあるし、憎まれたこともある。一番嫌だったのは、日本人の卑屈な態度だった。いい暮しができるとか、できないとかそんな問題じゃない」

佳子は、一本気で、偏屈者と言われるほどの父が、嫌だった、くやしかった、悲しかったというのはよくわかった。

「お父さん、四ヵ月もよくがまんしたね」

「逃げ出したかったが、そうすれば家族にも赤ん坊のおまえにも会えなくなるかと思うとできなかった。ロバートは、俺のことをよく守ってくれた。約束どおりいろんなことを黙っていてくれたし、自分が転属になるとき、俺が熊本に帰れるようにしてくれた。それで昔彼からもらった本は、ずっと大事にしていたんだよ。おまえが見つけた本だ」

「そう、よかった。お父さんが無事に帰ってきてくれて。おかげで妹たちも生まれて、姉妹仲良く暮らしていけるのだから。ありがとうございました」

「そうか、そう思ってくれるのか」

父は涙ぐんでいるように見えた。佳子は、静かに父に語りかけた。

「お父さん、戦後のことも、軍属の時のことも、その前の諜報部の時のことも、ずっと隠していたでしょう。でも、隠さなくてもいいと思うな。誰もお父さんが悪いとは思わないよ。戦争だったからでしょう。悪いのは戦争よ。そんな時代になってほしくないと、みんなその頃のことを話しだしているのよ。話してすっきりしたでしょう」

「ああ、命令で人に洩らしてはいけないと言われて、それを守ってきたが、そのうち悪いことをしていたような気になっていた。おまえに話してよかったよ」

父の顔ははればれしているように見えた。父の姿はスーと消えた。遠くで漢詩の朗詠が聞こえた。


佳子は、そろそろと頭を持ち上げ、今のは夢だったのだろうかと思いながら、ふわふわする足でよろよろと立ち上がった。

父の過去や思い出の詰ったトランクはもうない。

余命告知

貴志が忙しい仕事をやりくりして、肛門科を受診したのは、十二月に入ってすぐのことであった。勤務している高校の期末テストが始まる前に、なんとか体調を整えたいと思ったからだ。近頃、肛門からの出血に加えて、体がだるく、寒気もするようになっていた。風邪をひいたせいだろうと、思い込もうとしたが、どうにも元気が出なくて、毛皮様の襟のついた黒い厚手のジャンバーを羽織って丸まっていた。

彼は自分の病気を肛門の病、痔だと思っていた。それでこれまで民間療法に頼ったりしていたのだが、好転しなかった。

熊本市内の大きな肛門科の医師は診察を終えると言った。

「大学病院へ紹介状を書きますので、家族の方といっしょに検査に行ってください」

予想していた病気とは違うのかとは思ったが、家族といっしょにという言葉には、あまり気を留めなかった。

家族といっても、妻と子は、仕事の関係で県南に住んでいた。自分は単身赴任で実家に世話になっていたので、長兄の政夫に頼んでいっしょに行ってもらおうと思った。律義な彼は、期末テストの問題をやっと作り上げて提出してから、政夫についてきてもらって、大学病院に行った。十二月も中旬になっていた。しかし彼はやっと作り上げた試験問題の採点をすることはなかった。すぐに入院をすることになったからだ。

彼は大学病院に行くのは初めてだった。自分の中古の軽自動車の助手席に、政夫を乗せて走ったが、不案内な道だったからか、運転するのに精一杯で、病気についてはほとんど話さなかった。

貴志に向き合うと、年配の医師はくわしい問診をした。下血がひどいことを聞いて眉を顰めたが、すぐに表情を緩めて言った。

「ともかく内診をしましょう」

触診の痛さは、麻酔をしてほしいほどだったが、歯を食いしばって耐えた。医者は、貴志から目をそらすようにして言った。

「すぐに手術をした方がいいでしょう。入院していただいて、まず検査をします。さっそく今日から始めましょう。担当は松下君になります。指示に従ってください」

貴志には病名を尋ねる元気もなくなっていた。松下医師に連れられて、のろのろと検査室に向った。

なんのことかわからず、呆然としていた政夫は、診察室に年配の医師と残されて、おずおずと口を開いた。

「弟の病気は何でしょうか」

「癌ですね。だいぶ進行しているようです」

「本人は痔だと言っとりましたが違うとですか。癌て言うなら、死病じゃなかですか。助かりますか」

「できるかぎり治療はしますが、それは私にもわかりません。まず開腹して、悪いところを切除します。全部取れればいいのですが、開けてみないとなんともいえません」

「本人には、何と言いましょうか。告知とかいうのはせんとですか」

医師は困った顔になった。

「知らせることで、ご本人が生きる意欲を失って、死期を早めることもありますからね。現在のところ、治癒率も低いので苦しいところです」

それを聞いて、政夫の顔はますますこわばっていった。

「手術は一週間後になります。今日おいでになっていない奥さんにも、知らせて納得してもらってください。それから、かなりの量の輸血が必要になりますが、献血できる方を十人ぐらい捜せませんか。若い方がいいのですが、お勤めの高校ではできませんかね」

政夫は貴志の検査が終わるのを待たず、入院の用意があるからと、貴志への伝言を頼んで、一人貴志の車を運転して、やっとの思いで帰宅したのだった。

(嫁の咲子はまだ二十五歳ばい。子はまだ赤子で一歳の誕生日もきとらん。何と言ったらよかろか。こがんきつかこつはなか。おっかさんがのうなっとらしてよかった。どしこ悲しますか。おやじはこんこつば知れば、酒ばっかり飲むどな)

一九七〇年十二月二十一日、大学病院に屈強な、それでいておさな顔の高校生が緊張した面持ちで集まってきた。なにしろ輸血をするのは初めての者ばかりである。貴志が舎監をしている学生寮や顧問をしている弓道部の生徒達だった。彼等は貴志と顔を合わせないまま帰っていった。彼が大量の輸血をする大手術だと知って動揺するといけないからと、知らせてなかったからだ。輸血の血を提供した中に妻の咲子もいたが、彼女はやや貧血気味だったから、なかなか起き上がれず、高校の関係者に挨拶もできなかったことに後々まで引け目を感じた。

手術が終わった。麻酔で貴志はまだ眠っていた。咲子と政夫が主治医に呼ばれた。

「残念ですが、癌の転移が多くて、ほとんど切除できませんでした。病根の直腸をとってしまって、人工肛門をつけただけです」

咲子は、青い顔でうなだれて聞いていた。質問をする気力もなかった。どこか遠くで話されているようだった。そこにたたみかけるような声が聞こえた。

「あと五ヵ月もてばいい方ではないかと思われます」

政夫がやっとの思いで尋ねた。

「本人には何と言ってありますか」

「腹の中のできものを切りとると言っていますが、かわりに人工肛門をつけたので、下血はもうしないだろうと言います」

医者の話はあくまで事務的だった。

「癌のことも後のことも言わんとですなあ。むげえこつ」

政夫がぽつんと言った。咲子は洟を啜り上げたが、涙はながれなかった。


貴志が病室で目を覚ました時、ベッドの傍らには、呆けたような表情の咲子が一人座っていた。まだ、朦朧としている彼には、彼女の顔もぼんやりとしか見えなかったし、心のうちを考える余裕もなかった。

「きつかったね。痛かったでしょう」

「麻酔しとったけんわからんよ。まだ自分の体でなかごたる。手術のあとはどがんなっとっとだろか」

彼は一言、一言、ゆっくりしゃべった。

「悪かところば切り取って、人工肛門をつけてあるよ」

彼女は、精一杯の明るい声で言った。

「ずっと、おしめばつけとくとかい。三学期からは勤めに出らるっとだろかね」

「まあそがんあせらんで、ゆっくりしてよ」

「そがんなあ」

彼はまた目を閉じた。知らぬ間に眠りに落ちたようだった。

夕日が病室の窓を染めるころ、主治医の松下がやってきたが、説明は咲子から聞いた事とほぼかわりなかった。

「具合が悪い時は、いつでも看護師を呼んでください」

松下医師はそう言って帰っていった。

貴志は小さな手帳に毎日日記風のメモをしていた。その日のできごとや訪問者などを毎日の枠いっぱい書くのが習慣になっていた。手術の日こそ空白だったが、次の日の十二月二十二日の欄には、奈津子の一歳の誕生日のお祝いをしてやれなくて残念と書いた。数日後、政夫から、昔ながらの習慣通り餅を背負わせて歩かせたら、一歩歩いたと聞いて、口元をほころばせた。久しぶりの笑顔だった。

手術以来、ベッドに点滴や導尿の管で縛り付けられているので、痛みをこらえる他は何もすることはない。ただ考える時間だけは山ほどあった。次々と頭に浮かぶことには、よいことは一つもなかった。ああでもない、こうでもないと疑念が広がる。どうしてこんな大病になったのだろうか。食事にも気をつけていたし、酒もタバコもやらないのに。医者は病名も教えてくれない。何なんだろうか。

出血するのでてっきり痔が悪いと思って、県外の民間療法の治療院にも行った。こんなことになるなんて、やっぱり痔ではなかったのだな。一日がかりで川内まで行って、長い事待って、それなのに治療は五分、あっけなかったな。まやかしの治療に頼るなんてばかだった。もっと早く正式の病院に見せればよかったのにな。咲子は『そんなことでよくなるの』という顔をしていたけど、なんにも言わなかったな。本気で心配してくれていたのだろうか。

いくら仕事があるから、遠くだからと言っても、俺がこんな状態なのに、姉や兄嫁に看病をまかせてしまうなんて冷たい奴だ。そもそも見合いの時から、仕事の話しかしなかった。俺に地元に転勤の話があった時も、私は無理とそっけなかったな。

大学病院の床は、むきだしのコンクリートだった。以前は緑色のリノリュームが貼ってあったらしいが、今は剥げてしまって地図のようにみえる。病人が生活するところなのにである。彼より一回りも年上の姉は、妻のかわりに看病にきてくれているが、しょっちゅう躓きそうにしていた。窓の外には大きな樟の木があって、てっぺんには鴉の巣があるらしい。夕方には、不気味な声で鳴き叫ぶ。その声を聞きながら、不吉なことが頭の中を駆け巡った。

終業式も終り、冬休みになって、咲子が毎日泊まり込むようになった。本来二人部屋だが、手術して間もない貴志に配慮してか、一人で使ってよいし、空いているベッドは付き添いに使用が許されていた。そのベッドで、咲子は寝返りばかりしていた。眠れないのだろう。寝返りをする時のベッドのギーギーいう音を聞くと、彼はさらに辛くなった。

咲子の口数は少なかった。何か考えているような、それでいてぼーっとしているような様子であった。若いせいでもあるのか。もともと気のつく方でもなく、かいがいしい世話もできないといえばそれまでだが、来てくれるのを待ちわびていた彼にすれば、ものたりなかった。結婚して二年もたっていないし、昨年から自分が単身赴任となり、いっしょに暮らした期間も一年に満たない。ふつうの夫婦の情愛は育まれてなかったのかもしれないと、彼はため息をついた。

手術後十日あまりで大晦日を迎えた。病院の中は、一時帰宅のできる病人は皆帰ってしまってガランとしている。食事を運ぶワゴン車のガタ、ガタ、ガシャンという音が、いつもより大きく聞こえる。

彼は食欲がなく、並べられた食事があまり食べられなかった。しかし、残り物を付添い人が食べるわけにはいかず、咲子は病院の食堂で食事をとっていた。

昼食から戻ってきた彼女が、世間話をするような口調で言った。

「食堂の壁に『年越し蕎麦のかわりに、ラーメンの出前をします』と貼ってあったよ。病室まで届けてくれるらしい」

「そうかあ、きょうは大晦日だったな。俺はラーメンを食べるのは無理だけれど、咲子が注文したらどうや」

「そうね、人並みに年越しをしますか。電話で注文するらしいのよ。かけてくるね」

彼女は、ちょっと考えてから、そっと病室を出ていった。彼は遠慮しているのかな、あまり喜んだ風ではなかったな、食べられない俺がかわいそうだと思ったのかもしれないなどと考えを巡らせた。


その夜、例年テレビで見ている紅白歌合戦をトランジスタラジオで聞きながら、咲子はベッドに横になっていた。『黄色のドレスの裾をひるがえして、石田あゆみが登場しました。歌はブルーライト横浜』と司会者が告げた。この歌は貴志も好きだから聞かせようかと、イヤホーンをはずして、隣のベッドに持って行こうとした時、ドアをノックする音がした。

「ラーメン屋です。年越しラーメンをお届けにあがりました」

「はあい」

どこかで聞いたような声だと思いながら、病室のドアを開けた。そこには、白い割烹服の上からジャンバーをはおり、毛糸の帽子をかぶった若い男が、おかもちを提げて立っていた。

「あら、山ちゃんじゃなかね。どうしたと」

「アルバイトだよ。咲ちゃんこそ」

出前を持ってきたのは、高校の新聞部の一年先輩の山口だった。彼女は、片手で病室のドアを閉めながら言った。

「ラーメンがきたから、談話室で食べてくるね」

細く目を開けて貴志は、聞こえるか聞こえないくらいの声で「あー」と返事をした。

暖房のきいた病室と比べて、談話室は吹き抜けで寒かった。コートが欲しいくらいだった。

高校生の頃、山口は、ハンサムで学校中の人気者だった。新聞部には彼を目当てに入部してくる女生徒が何人もいたくらいだった。それが、薄汚い格好で、大晦日も出前持ちをしている。大学も何年も留年して、まだ卒業していないという噂を聞いていた。

「友だちのラーメン屋に、手伝ってくれと頼まれてね」

山口は、照れ笑いを浮かべて言った。アルバイトも留年も、何か事情がありそうだ。

「咲ちゃんこそ、大晦日に大学病院にいるなんてね。寝ておられたのは御主人でしょう」

「暮に手術をしたものだから、正月も帰れなくてね」

彼女もあやうく夫の重病のことを言いそうになりながら、言葉を濁した。ぴかぴか輝いていた学生時代は、どこに行ってしまったのか。お互いの姿を見やりながら、言葉は続かなかった。

「空いた器は、談話室の隅に置いていていいから」

そう言って山口は帰っていった。

冷めてのびたラーメンを、冷え冷えとした部屋の硬い椅子で啜りながら、さらに寒さが身に沁みた。余命のことを、貴志本人にも隠しておかなければならないのが辛かった。これからの生活に対する不安が、これまで考えないようにしていたのに、急に襲ってきた。

貴志は、咲子が病室を出て行ってから、じっと目をつぶってはいたが、眠ってはいなかった。いや、頭の中は、くるくると動いていた。

（何をしているのだろう。部屋で食べていいのに。せめて匂いでも嗅ぎたかった。出前持ちとやけに親しそうに話していたな。山ちゃん、咲ちゃんとか言って……どんな関係なんだろう。彼女は高校が市内だったから、派手だったのだろうか。そんな話はしたこともなかったが。たった一年の結婚生活では、お互い何も知らない。わかっていないものだ）

改善しない病状の不安よりも、妻のことが気になるのだった。

「外は寒いよ。雪が降るかもしれない」

咲子は病室に帰ってきた。聞かれもしないのに、いつもよりよく喋る。貴志が入院して以来、無口になってしまっていたのだが…

「ラーメンの出前を持ってきてくれたのは、高校の先輩でね、まだ大学を卒業していないんだって。七年生。あなたの後輩でもあるのよ。同じ学部だから。何か訳があるのか、ただのなまけなのか、聞かなかった。母子家庭でね、親一人子一人」

そこまで言って、彼女は急に黙り込んだ。自分も同じような運命になるのだと、思い当たったのだ。

元日の朝は、いつものように、薄い粥だった。咲子は、病院の一般食堂に行った。雑煮が出たそうだ。

「でもね、冷たくて餅もかたかったよ」

冷たくても、かたくてもいい。せめて餅を一口でも食いたかった。どうしてこんな病気になったのだろうと、また思った。寝返りを打とうとしても、人工肛門が邪魔をする。

年の内は、手術したばかりだし、痛みがあってもこんなものだろうと我慢していたが、だんだん痛みがひどくなった。腹が張ってきたように思えた。だいいち便通がないので、食欲がない。だんだん悪くなるばかりだ。

一月三日に、人工肛門をとうとう切開し、便が出るようにした。その日、横浜の次兄夫婦が見舞にやって来た。正月だから、里帰りかたがた来たのだろうと、軽く考えようとした。

「貴ちゃん、去年の夏、いっしょに万博に行った時は楽しかったね」

兄嫁の香都子は、元気づけるように手を握って、そう言った。しかし貴志がいないところで、咲子には涙目になって言った。

「そう、そんなに悪いの。実はね、万博の時ね、あんまりやつれて、きつそうだったから心配してたのよ」

「癌の新しい薬ができたらしいから、それを使ったらどうだろうか。東京では手に入るかもしれない」

次兄は、そう咲子に言って帰って行った。貴志には、便秘に効く薬を送ると告げられただけだった。

ベッドから起き上がるのは、そろそろとトイレに小用に行く時と、食事の時だけ、痛みを堪えて横になっているほか、なにもすることはない。貴志は、できるだけ楽しいことを思い出そうとした。

そうそう万博では、月の石を一目見ようと、列の後ろについて長い時間並んだな。大きなプラカードを持った若者が立っているので、なんだろうと思ったら、『ここが最後尾です』と矢印といっしょに書いてあった。にこりともしないで、だんだん後ろに下がっていくのが、滑稽に思えたもんだ。俺の後ろにさらに長い列ができた、そして、何時間も待って待って、やっと石の前に着いて、見れたのはほんの十秒位だった。なんだこんなもんかと思ったんだ。そして、人生に似てるなとふと思った。今も長い間待って、やっと母校の教師になれて、やりがいが見え始めたと思ったのだけど、ベッドの上でこのざまだ。生きているのかどうか分からない状態だ。楽しい思い出にひたろうと思ったのに、考えは、悪い方へ悪い方へ向っていった。

学生の時、屋久島へ一人旅をした時は楽しかったな。自然がいっぱいで。水の音が今も聞こえるような気がする。ふわふわの苔が、湿気を含んで気持ちよかった。大きな屋久杉をなでると、優しい気持ちになれた。夜の海辺では、銀河の中に吸い込まれそうだった。

その体験をもう一度、咲子といっしょにしようと、新婚旅行は屋久島に行くはずだったのに、大嵐で船が欠航して行けなかった。結婚式の時からついてなかったな。俺達の相性が悪いのか。看病だって、週末に来るだけで、日曜の昼になると、赴任地に帰っていくし、親父が、仕事を辞めて看病してくれと言ったようだが、黙っていたそうだ。世話だって、姉貴のようにかいがいしくするわけではない。いつものように愚痴になった。

日記は、単調なベッドの上の生活では、だれそれが来た、差し入れの寿司を食った、眠れなかった、食欲がないのような記述の連続だった。その中で、他の日の欄まではみ出した日がある。一歳を迎えたばかりの奈津子を妻の母親が連れてきた時のことだ。

『十二月二十二日の誕生日に二、三歩歩いたと聞いていたが、久しぶりに会うからか、恥ずかしがって、妻にしがみついて歩こうとしない。小さな靴を履かせて床に立たせるが、すぐに座り込もうとする。病院の床は皆が土足で歩いているし、なにせ病人のいるところだから心配で、すぐ大人に抱き上げられるの繰り返し。なんとか歩いて見せてくれないかと見ていたら、わずか四、五歩だがトコトコ歩いてベッドの端につかまった。みんなで拍手した。私も「よし」と言った』

その日の日記には、久しぶりに生きる希望が見られた。

病状ははかばかしくなかった。少しずつはよくなるだろうと思っているのに、痛みが強くなった。下剤を使わないと便通がない。腹が張る。下腹部が腫れてきたようだ。回診に来た主治医に訴えると、注射をしてくれる。鎮痛剤だという。半日は間をあけなければならないのだが、それを待っていられなくて、特別に打ってもらうことが続いていた。


咲子は主治医の松下に尋ねた。

「鎮静剤の注射は、そんなにたびたび打っていいのでしょうか。劇薬なんでしょう」

「それは原則です。私だって頭痛持ちだから鎮痛剤をしょっちゅう飲んでいますよ」

松下は困ったような顔で答えた。彼女は自分でもばかな事を聞いたと思った。貴志は、俺のきつさも考えないでと腹を立てているようだ。それよりも、貴志には知られないように、余命五ヵ月、なるべく苦しみが少ないようにと、医者が配慮してのことだろうということに思い当った。彼女は、自分の痛みでないので、夫の痛み、苦しみに、思いが及ばなかったことを恥じた。自分は冷たい女なのだろうかとも思うのだった。


鎮痛剤はモルヒネであった。貴志は、それなしには眠れない日が続くようになった。いつでも看護師を呼んでよいと言われても、夜中に何度も呼ばれるほうはいい顔はしない。

「もう少し我慢できませんか」

きつく言われることも多かった。彼は当直の看護師の値踏みのようなことをするようになった。この人はやさしいから頼みやすい、あの人はきびしいから、どうしたらよいだろうと、真剣に考えた。彼にとっては切実な問題だった。そして、咲子にも言うようになった。

「今夜の当直は、どうだろうか。すぐに来てくれるかな」

咲子が、苦笑いをして、

「そうね」

と、あやふやな返事をするのが、気に入らなかった。

一月の終わりごろのことだった。貴志が一人で寝ていた時だ。主治医がカルテをベッドわきの机に忘れていった。横文字でなにやら書いてある。ドイツ語のようだ。彼は西洋史の専攻で、英語には強い方であるが、ドイツ語はにがてであった。それでも、rectal cancerらしい単語がなかったことにほっとした。もしそう書いてあれば、重い癌だということだと知っていて、それを疑ってもいたからだ。ほかにポリープと読めるものもあったが、それはできものという意味だろうと思った。カルテを見ても、あいかわらずはっきりとした病名はわからなかった。しばらく眠っているうちに、カルテはなくなっていた。

その日は土曜日だったので、夕方咲子が泊まりこみの看病に来た。

「今日、松下先生が、カルテを忘れていかしたぞ」

彼はさっそく咲子に話した。

「えっ、何て書いてあったね」

「ドイツ語だけんようわからん。ポリープて書いてあったごたった」

「ポリープて何だろか」

「できものということだろう。ようわからんが」

話はそれで終わった。彼女は困った様子で話を進めようとはしなかった。彼も待ちかねた様子で、姉には頼めない用事を、いろいろしてもらうのに精一杯だった。


貴志が少し落ち着いて眠りについても、咲子は眠れなかった。(何で松下先生はカルテを置いていったのだろう。わざと忘れていったのではなかろうか。それとなく病名を知らせたかったのではないか。知っていて知らないふりをする私や兄弟もつらいが、治ると嘘を言って、治療する医者だって苦しいに違いない。だから……でも貴志が知ったらどうなるだろう。絶望して、早く死にたいと言うに違いない。世の中を恨むだろうか)こんな考えがぐるぐる頭の中を回って眠れなかった。

二月に入って、貴志の病状はますます悪くなっていった。腹痛が絶えず起こる。好みのものを差し入れてもらうが、それもだんだん食べられなくなった。咲子の父が出張先で買ってきた『葛湯』がとろりと甘くて、喉を通りやすいと言ったら、咲子の母があちこち捜して求めてくれたが、それも二、三回で受け付けなくなった。

主治医は、県南に住む妻や娘と離れて暮らす患者を気遣ってか、転院を勧めた。

「どこの病院でも治療法は同じだから、芦北に転院されてもいいですよ。処方はきちんと伝えます」

彼は、妻や娘のそばにいつもいられたらどんなにいいだろうと思った。しかし、モルヒネなしには眠れないし、点滴も切れ目のない状態だ。腹水というものも溜り始めていた。それに、勤めている咲子は、昼間看病をすることはできない。とても無理な話であった。彼は、窓を打つ冷たい雨をじっとながめていた。

咲子は、以前貴志の父が言ったことを思い出した。

「逆無情とゆうてな、子が親より先に逝くほどきつかこつはなかばい。看病してやりたくても、年寄りだし、男だし何もできん。酒飲んで言うちゃならんことを口走るかもしれんから、あんまり息子ば見にもこんとたい。その分、ああたが看病してやってはいよな。仕事は辞められんとな」

貴志の母は、二人の結婚が決まった頃病死していた。それも父が息子を不憫に思い悔やむ訳でもあったろう。

彼女も、看病に専念できればどれほどいいかと思う。そうするのが世間の義理だと実父にも言われた。しかし、それに答える事はできなかった。これから先の娘との生活を支えていくためにも、職を失うことはできない。貴志の姉の静子も言った。

「男の人は、嫁が看病するの当然だと言うかもしれないけれど、これから先の奈津ちゃんとの生活の事を考えれば、きつかけど我慢して、仕事を辞めたりしたらいかんですよ。私たちも手伝うから。ほんにきつかね」

彼女は主治医に転院はとても無理だと断った。看病のほとんどを姉達に甘えてしまうことに、後ろめたさもあったが、しかたのないことだと思った。

後ろめたさの理由に、つきっきりで看病することは、自分にはできないのではないかと思えることもあった。それほどの夫にたいする愛があるのだろうかと、ふと思う。

見合いをして、ばたばたと結婚して、子どもが出来て、産休の実家暮らしで別居になった。それから、夫の転勤による別居で、ほとんどいっしょに暮らしてない。お互いじっくり話した記憶はない。喧嘩した覚えもない。物知りの貴志に、『小春日』は秋だといいくるめられて、がっかりしたことぐらいだ。

夫の身なりもあまり気にかけなかった。去年の春、ずいぶん暖かくなっているのに、貴志が寒い寒いと襟に毛皮のような物がついたジャンパーを着て、背中を丸めていたのを見て、『熊の冬眠』みたいと言ったのか、思っただけだったのか思い出せない。他人ごととして夫のことを見ていた自分を、今さらながら感じていた。その頃から、体調が悪かったのではないか、妻としては失格だと思いながら、義姉たちが貴志の看病をしてくれることで、正直ほっとしていた。

二月は一年で一番寒い時期だ。土曜日の午後は、昼食もそこそこに、奈津子が風邪を引かないように厚着をさせ、おしめを抱えて、県南の芦北から熊本に向った。熊本から単身赴任している上司が車に乗せてくれるので助かっていた。二時間あまり、仕事の話はしても、夫の病状のことは話せなかった。一歳二ヶ月の奈津子は、国道のところどころに立っているおまわりさんの人形を、ひどく怖がった。幼いなりに不安を抱えているからかと不憫になった。

退院や転院の話はそれきりになった。今後の見通しについて、何の話もないことに、貴志はよけいいらだっていた。医者は病状はかわりませんというが、悪くなるばかりではないか。腹水は溜まる一方だし、導尿して尿の量を測っている。尿の袋の底でピチャピチャいう薄茶色の液体を見るとぞっとした。このまま、体中の管が詰って死んでしまうのではないかと思った。

思いついて、昔の手帳を引き出しから取り出した。二年前のものだが、ずいぶん前のもののように思える。明日は母の命日だと気づいた。二年前のその日、長い事心臓を患っていた母の病状が悪化したのだった。手帳には次のように書いていた。

『午後より容態悪化、酸素吸入開始、二十一時五十一分一つの生命が地上より消えた。あ、この日我は母を失いたり』

『一時出棺、母が燃える、母が燃える、母が消える。消える、消える。空の中へ消える、消える』

初めて書いた詩のようなものだった。自然と言葉が出てきたのだろうか。俺も母のように、消えていくのだろうかと思った時、急に痛みがきた。いや、死の病だと聞かされてはいない。大丈夫だ。娘が話せるようになるまでは生きていたい。でも、痛みに耐えられるだろうか。枕元のブザーを押して、看護師を呼んだ。

貴志が入院しているのは、大学病院だったので、患者はどんどん入れ替わった。退院する。転院する。あるいは亡くなる。彼のように、二ヶ月近くもいるものはほとんどいない。やっぱりひどい病気だから、ここに留め置かれるのだろうか。いや、珍しい病気だから、研究のためにおかれるのか。眠れないまま、いろいろ考えた。

大学病院の役目は、患者を治療するだけでなく、医者を育てることにあると、医者になった友人から聞いていた。回診の時は、教授がぞろぞろと若い研修医を引き連れて、病室を回る。専門用語で話がされているので内容はわからない。

そんなある日、主治医から、病状研究会に出席してほしいと依頼があった。人工肛門の症例研究だそうだ。いやもおうもなかった。三週間ぐらいの入院がせいぜいなのに、転院もさせずにいるのだから、そのくらいはさせてくれということか。患者のためなのか。若い主治医が気の毒そうに依頼してきたのだった。

人工肛門だけ見るのかと思ったら、肛門からの触診もあった。ただでさえ痛みがあるのに、耐えられない痛さだった。それに教授や主治医以外の若い、それも女医にも見られるのは、精神的にも苦痛であった。研究会が終わって、病室に帰されるとぐったりしてしまった。夕方きた咲子に話をすると、悲しそうな顔をしたが、何も言わなかった。研究会は一度だけかと思っていたら、次の週もまたあったのだ。「とてもきついのでやめてほしい」と、看病にきた姉に言ってもらった。本当は、「私の病気は治らないのでしょうから」と言いたかったのだが、それは言えなかった。

研究材料にされたためではないだろうが、肛門から出血が見られるようになった。原因は違うかもしれないが、彼にはそう思えたのだった。そして、ベッドから下りられなくなった。それまでは、小用は、のろのろとながら歩いてトイレまで行けていたし、週に二回は風呂の時間があった。けれど、ベッドから下りることが禁止されてからは、朝、熱いタオルが配られて、背中や上半身を拭いてもらえるだけである。垢が体中に張り付いているように思える。特別に姉から作ってもらった蒸しタオルで拭くと、下半身からボロボロよごれが剥がれ落ちる。だが、彼はそれでは我慢ができなかった。なんとかお湯で下半身を洗いたいと思っていた。

週末咲子が泊まりこんだ時言い出した。

「洗面器にお湯ばくんできてくれんや」

「何に使うとですか」

「洗足ばしたか」

「足なら、蒸しタオルで拭いてあげますよ。点滴をしているから、ベッドからおりられんでしょう」

「いいや、足だけでなく、股の方もお湯で洗ってくれんや。子どもの時、風呂に入られん時に洗足といってしよったろうが」

彼は、ベッドに縛り付けられたような状態では、無理なことはわかっていたが、どうにかして洗いたかった。それには咲子の手を借りるしかなかった。それで、渋る彼女に言い募った。

咲子は、子どもの時から銭湯に行かない時は、夏は行水、他の季節は薬缶一杯のお湯を沸かして洗足をしていた。しかし、自分で洗うのはともかく、夫とはいえ他人を洗ってやるというのに抵抗を感じた。それに場所もない。誰も来ないのを確かめて、夜中にこっそりとしなければならない。貴志はベッドからどうやって下りようというのだろうか。患者の扱いに慣れている看護師なら、なんとかなるだろうが、彼女にはうまくやれる自信がなかった。

「もう何日も風呂にも入っとらんし、拭いてもおらん。我慢できん。姉女にも頼めんけん頼みよっとたい」

貴志は、寝巻きの衿をはだけたまま、彼女をじっと見ていた。

「じゃあ、ちょっと待って、お湯を持ってくるけん」

大き目の洗面器を持って給湯室に行った。すぐ冷めてしまうので温度を上げた。こぼしたり、やけどをしたりしないように、そろそろと病室に運んだ。ハンドタオルと浴用タオルと二枚、ベッドの横に用意した。それから貴志が起き上がるのを、背中を支えて手伝った。彼は足をベッドの下にゆっくりと下ろした。人工肛門を押さえる腹帯兼オムツを彼女はそっと外してやった。彼は、片手は点滴の針が刺してあるので、点滴台を掴むので精一杯である。もう片方の手で彼女の手にすがって立ち上がり、それから、じわじわとベッドの横にしゃがみこんだ。彼女は、洗面器を彼の下に引き寄せると、湯の温度をたしかめてから、ハンドタオルを湯に浸し、それでそっとこするように股の間を洗った。

「手で洗ってくれんや」

彼女がタオルを離して、手でだらんとした二つの股間のものを撫でると、苔のようなものがぼろぼろと取れた。

「気持ちよかぞ。ほんとに」

頭の上から彼の声が聞こえた。その時彼女のわだかまっていた心の中の澱も溶けていくように感じた。この人は生きているんだ。余命を数えての生活に看病の意欲も萎えがちになっていたのが、生きている間は精一杯やろうという気になっていた。

日曜日、奈津子を連れて咲子の母が病院に来てくれた。ちょうど兄の政夫も来ていたので、ベッドのまわりは騒がしくはないが、にぎやかだった。まだ幼い奈津子は、ベッドの端で大人たちに囲まれてはしゃいでいた。

「ほら、奈津ちゃん、ヤクルトば飲まんね」

政夫が手に持たせた飲み物を、奈津子は、

「ほう、ほう」

と言いながら、父親の口のところに持っていった。

「奈津ちゃんはやさしかね」

大人たちが笑って見ていた。貴志も笑っていた。

「ありがとう。奈津子が飲んでちょうだい」

一歳二ヶ月のまだおしゃべりもできない娘の行動は、彼を感動させていた。

(成長したものだ。ずっとそばにいたい。でもその日がくるのだろうか)

彼は、口元に笑みを浮かべながら、娘の遊ぶ姿を見ていた。

二月も末になると、病院の中の様子が変わっていった。部屋替がしょっちゅうある。けれど貴志は、二月になってからずっと一人部屋だった。やっぱり俺は重症患者なのかなと思ったりしていた。

彼が、眠れない夜を過していると、看護師たちの動きがあわただしくなり、隣の女性の部屋のドアを、開け閉めする音も頻繁になった。普段は音をたてないように行動する医者も看護師も、そんなことにかまっていられないのか、パタパタ動き回っているようだ。家族が詰め掛けたのか話し声も聞こえる。痛みが切迫してきて、鎮痛剤の注射をしてもらいたい、ブザーを押したいと思ったが、それもはばかられて、じっと痛みに耐えていた。

明け方近く、隣室の気配が変わった。号泣する声は聞こえなかったが、誰もが悲しみを抱えて動いている。そんな様子が、じっと寝ているだけで、寝返りも簡単にできないのに感じとれるのだった。

しばらくして看護師がきて、注射を打ってくれた。懇願しなくても毎日のことで、患者の痛みや苦しみはわかっているのだろう。

「きつかったですね。痛み止めと眠れるお薬を注射しましたから、しばらく休めるでしょう」

そう言って、看護師は急いで出て行った。少し眠って目を覚ますと、隣室はシーンとしていた。亡がらは家に引き取られたのだろうか。彼はその日手帳に『隣の女性が亡くなった。憂うつ』と一行書いた。

手術の後一番仲が良く、また世話してくれた山田さん夫妻もいなくなっていた。夫妻はかなりの年配で、夫の方が人工肛門をつけた先輩であった。妻の方は年齢を感じさせないかいがいしさで、慣れない咲子にもいろいろ教えてくれていた頼もしい人だった。病状がよくなって退院されたのだろうか。そうならよいが、自分のように痛みを訴えられることはなかったようだから、退院できたのかもしれない。これまで何人かの患者が亡くなっても、山田さんや自分の死と結びつけて考えることはなかった。しかし、この日の隣室の患者の死はこたえた。自分も遠からずという思いが頭から去らないのだった。彼は、この思いを誰にも語らなかった。手帳に『憂うつ』と一言書いただけだった。

この頃は記帳そのものが面倒で、いや、できなくなって、書かない日もあった。書いても『出血』『ジンマシン』『横腹痛』『腹水溜まる』『抜く』などの乱れた文字が並んでいるだけだった。

肛門から出血が続いて、輸血することになり、また、高校生たちが来てくれてかなりの輸血をした。その時は、彼等の名前も日記に記して、感謝の気持ちを表したのだが、翌日からジンマシンに苦しんだ。輸血は一回で取りやめになった。何をしても効果がないばかりか、かえって苦しむことになる事に自暴自棄になりかけていた。東京の兄が手配してくれた新しいワクチンも効き目があるようには思えなかった。

三月になって咲子は、少しでも熊本市に近いところに転勤できるようにと、祈るような気持ちでいた。転勤希望を出す時も、夫の病気という事情を懸命に書きつらねた。新卒から五年は、初任地にいるのが通例だから、まだ、四年の彼女の転勤は無理かもしれないと言う人もいた。それでもここで退職することは、これからの生活を考えると、できない話だった。それに、教師という仕事にやりがいも感じていたから、仕事の手を抜くこともしなかった。学年末の仕事を早めに終わらせようと、夜も奈津子を寝かしつけると、持ち帰った事務をした。睡眠不足から、集中力がなくなって、足に物を落として怪我をしたり、痩せてやつれてきてもいた。

貴志の容態がだんだん悪くなると、彼女は週に一日の看病では済まなくなって、出来る範囲の休暇を取った。そんな時、貴志は手帳に『咲子来る。週二回』ともうひょろひょろになった字で書いていた。妻を頼るそんな彼の気持ちは、彼女には手帳を見なくてもびんびんと伝わってきた。

三月もきびしい寒さが続いていた。しかし病室では暖房がきいていて、季節もわからない中、彼はぼんやり考えていた。（去年は、奈津子の初節句をしたなあ。菱餅を飾ったけど、あれはどうしただろうか。食べたのかなあ）など取り留めないことを考えることもあったが、一日のほとんどは痛みに苦しめられた。腹水で膨らんだ腹は皮膚が薄くなって、ピカピカ光っていた。

三月二十日、脊椎にチューブを入れることになった。全身麻酔でかなりの時間がかかるらしい。しかし、咲子は学年末も近いからと来てくれない。ノー天気な彼女の顔を見れば不安も薄らぐのにと思う。第一、そんな事をしても病状は改善するのだろうか。痛みはとれるのだろうかと思い、尋ねたいが、その勇気がない。『なにもしなければ死にます』と言われるのが怖い。こんなに苦しいのなら、早く死んで楽になりたいと、思うこともあるが、やっぱり生きていたい。生に対する執着が残っているなと、さめた目で自分を見ているところもあった。

頭の中では、いろいろな考えが巡っているが、実際のところ言葉が出てこない。声が出ない。問いかけに『アー』とか『ウー』とか答えるのが精一杯だ。なさけないと思いながら、痛みに顔をしかめるだけだった。

脊椎にチューブを入れてから、まったく動けなくなった。床ずれ防止のために時々体の向きを変えてくれるが、変えたら変えたでその方向を向いたきりだ。食物も喉を通らないし、ペンも握れない。日記は白紙の日が続いた。

三月も終りに近づき、咲子に転勤の内示が伝えられた。実家のある地域とはいえ、宇土半島の突端、三角ということだ。ディーゼルカーで五十分ほどかかる。実家からかろうじて通勤できるところだ。実家に奈津子といっしょに世話になるほかないが、大学病院は、勤め先とは反対方向で四十分はかかるので、看病と両立はできるだろうか。新しい職場の理解は得られるだろうか。悩みはいろいろあるが、地元に戻れたことで、ひとまず安心したし、家族もほっとしたようだった。

まず、引越しをしなければならない。夫は十年、彼女は四年、県南の地に暮らしていたので荷物も多い。ダンボール箱を近所の店から貰い詰め込んだ。貴志の持ち物はほとんどが本だった。仕事の資料、ブリタニカ百科事典も英語版と日本語版と二セットもある。文学全集もそろっている。

その中に、薄紫色のビニール表紙の『愛唱詩集』があった。他の本の間から転がり落ちたものだったが、彼女はふと気になって手に取った。

(あら、珍しい。詩にも興味があったのね)

付箋を貼った箇所を開いてみると、同僚の犬山氏の作品だった。一度会ったことがある方だ。

(きっとあの方から頂いたんだ)

もう一ケ所、栞紐をはさんだところを開いて、はっとした。

渕上毛銭　柱時計

ぼくが／死んでからでも／十二時がきたら／
鳴るのかい／苦労するなあ／まあいいや／
しっかり鳴って／おくれ

死という語にびくっとしたが、何と達観した人だろうとほっとした。貴志もこんな心境になってくれたら、どんなにいいだろうと思った。毛銭という人は自分の生命がもうすぐ終わるということを知っていたから、それを長い間反芻してきて、この境地にたどり着いたのだろう。同じ年頃だが、貴志には病名も余命も告知されていない。それでは、こんな境地にたどりつけるはずはない。また、いつものもやもやした気持ちが湧いてきた。知らぬふりして看病するだけでいいのか。いや、これだけ病状が重くなれば、自分は助からない命だと悟っているかもしれない。こう思うとこれも悲しくなる。

貴志がこの詩を読んだ時は、自分が病気になるとは思いもしないで、栞をはさんだのだろう。自分と同じ水俣の地に住んだすてきな詩人の作品として。結婚してすぐのころ、貴志に聞いたことがある。

「淵上毛銭って知っとるや。ここが住んでいたところらしか。結核で寝たきりで、三十五歳で死んでしまったけど、すごか詩人だったらしか」

たしかそう話していた。でもそれはずっと昔のことのように思える。彼女はその詩集を文学全集の間に入れ込むと、ダンボール箱の蓋を閉じた。

咲子の転勤が決まって、実家のある宇土に引っ越すことになったという第一報を、看病にきた姉から伝えられた時、貴志は喜んだ。喜んだが思っていたほどではなかった。

「貴ちゃん、咲子さんが近くなるなら、しょっちゅう病院に来られるし、奈津ちゃんの顔も、見られるようにようになるよ。よかったね」

「ああ」

「家の方は大喜びで、親父さんは乾杯だと言って、酒の量が一杯多かったごたるよ」

「ああ」

「あんたに一番に知らせられんだったつは、病院は、電話を取り次いでくれんでしょう。電話のあるところは私の家ぐらいだから、しかたがなかつよ」

「そう」

「それで、引越しの準備もあるし、次の日曜は、病院には来られないていたい」

「そう」

彼はそう言うと、目を閉じた。咲子や奈津子が近くに来るというのでほっとしたのであるが、これで元気が出て、病気に立ち向かおうという気が少しでも起こったかというとそうではなかった。ただ、痛みに耐え、寝ているだけの生活では、体力も気力も萎えていたのだ。いつまでこんな状態が続くのだろう。すぐにでも自分は消えてしまうのではないかと思うことがたびたびであった。それでいて死の告知を受けるのは怖かった。いつまで生きられるかと、医者に尋ねることも、咲子や姉や兄に聞くこともしなかった。きっとみんな知っているんだ。それを隠しているなんてひどいと思うこともあったが、けして口に出さなかった。知らぬふりをして看病するのもつらいだろうとぼんやりと考えたりした。

咲子が直接転勤の事を知らせなかったことも、以前なら冷淡なやつだと思ったりしたものだが、どうでもよいようになっていた。ただ早く咲子や奈津子に会いたかった。たびたび来て欲しかった。

引越しの日は、貴志の教え子で運送業をしている古山が来てくれた。親の跡を継いで、精力的に仕事をしていた。貴志とは師弟と言うより兄弟のようであった。咲子は貴志とどんな関係だろうと思いながら、それまで深く尋ねる事もなかった。いや、彼女は自分のことで精一杯で、夫の付き合いのことは聞き流すぐらいの冷淡さだったと言える。夫婦は一心同体と言う人もいるがそうではなかった。客観的に夫を見ていた。

古山の働きは頼もしかった。彼女は奈津子を抱いて、ただ見ているだけだった。

古山はあまり話をしなかった。教え子として、友として、死の床にある貴志の状態を心配し、自分以上に悲しんでいるのは彼なのかも知れないと彼女はふと思った。

宇土の家に荷物を運び込むと、古山は何も言わずに帰っていった。

「じゃあ、これで」

作業帽を取って、深く頭を下げた。


引越しの後片付けは後回しにして、咲子は奈津子を連れて病院に行った。奈津子はほとんど父親と過したことがなかったし、人見知りも激しくなって、貴志を見ても後ずさりをして、一緒に来た祖母の後ろに隠れるようにするのが常だった。まわりの大人たちは、それをしょうがないことだと思っていた。痩せこけた見知らぬおじさんが、じっとベッドに横たわっていて、手だけ出して手招きするのだからと、これまでは無理にちかづけようとしてこなかった。彼はあきらめていた。

この日は、咲子が奈津子を抱き上げて、左手で支えながら、右手に蒸しタオルを持って彼の横に立った。

「ほうら、おとうさんのお顔を拭いてあげようね」

まず咲子が拭くと、貴志が少し頬をゆるめた。

「今度は、奈津子ちゃんが拭いてあげて」

奈津子にタオルを持たせると、いっしょに顔をなでた。

「あ～が～と」

貴志が目を開けて、笑顔で言った。久ぶりの笑顔だった。娘と触れ合えたというだけで嬉しかったのだろう。奈津子はびっくりしたようで、半泣きになっていた。それでも祖母に連れられて帰る時には、バイバイと手をふって、少し笑ったようだった。

咲子は、その夜病院に付き添った。自分の出身地に帰ってきたといっても、三角は遠いし、新しい土地での仕事も心配だが、通勤が大変だから、やっぱり毎日は病院へ来れないのだと言う。黙って貴志は聞いていた。いいわけを聞くのは煩わしかった。それより奈津子をまた連れてきて欲しかった。娘の笑顔を見たかった。

四月に入って、貴志の容態はますます悪化した。時々つけていた手帳のメモも書けなくなっていた。四月十日、手帳とペンを手に持たせてもらい書こうとしたが、手が震えて書けなかった。何を書こうとしたかも忘れてしまっていた。薄い、意味不明の線が引けただけだった。手帳もペンも落として、拾う事もできなかった。それ以後ペンをにぎることはなかった。

咲子は新しい職場で戸惑っていた。通勤に二時間近くかかる。仕事は障害児の複式学級で、カリキュラムから違っていた。二学級に三人の担任で、休暇は取りやすいかもしれないが、まず子どもたちの心をほぐすところから始めなければならない。

彼女の事情は、管理職は少しは知っているようだったが、初対面の挨拶の時に危篤状態の夫の看病に熊本に度々出かけなければならないことを話したのだった。

他の職員には、どう話したらよいのだろうか。特にいっしょに担任する二人には迷惑をかけることになる。咲子は二十六歳になったばかり、その夫が、今余命一ヵ月という病床にあるとは、普通には信じられない話であろう。相棒になった四十五歳の登紀子先生は、びっくりして、そして気の毒そうに言った。

「御主人はおいくつ」

「三十三です」

「お若いのにね。子どもさんもいらっしゃるのでしょう」

「はい、一歳四ヵ月の女の子です」

「仕事は早めに切り上げて帰るがよか。休みも取れるだけ取るとよか。あとはわしたちでするけん」

主任の弘次先生も言ってくれた。やさしい人たちでよかったと、胸をなでおろしながらも、毎日があわただしく過ぎていった。

病院に行っても、いつも眠ったようにしているか、痛みに呻いている夫を前にどうしょうもなかった。せめて心の安らぐ話をしようと思って『心配いりませんよ』と言えば、後のことはまかせてと言っているようで、死ぬことを前提としている自分がいやだった。背中をさすろうとすれば、かえって床ずれが痛むらしく、貴志の口からうめき声が洩れた。貴志はもう、言葉を発することはほとんどなかった。

咲子は、枕元の道具入れの上に放り出されていた手帳を見つけた。最後に書かれたらしい四月十日の欄に目がとまった。文字ではない、ただの薄い、細いひょろひょろの線が這っている。なんと書こうとしたのだろう。以前、重い癌ではなくてよかったと横文字で書いていたけれど、やっぱりそれだったと書こうしたのかもしれない。胸が詰った。

貴志は、ほとんど目をつむっていたが、そうしていても、目の前に赤や黒や青色のギザギザの線が現れて、動き回ることがあった。また、実家の前の用水路の底のような泥沼が見えたりした。目を開けてみるが、それは消えない。しかたなくまた目をつむると、ゆっくり視界から遠ざかっていく。

また、耳の奥で、『死ぬ、死ぬ』とか『さよなら』という声がすることもあった。ああ自分のことだなと思う。嫌だとあがらう気持ちは失せて、じっと聞いていた。ある時には母が死んだ時に書いた詩が浮かんだ。『煙となって空に消えていった』と、きっと自分もそうなるんだろうと、他人事のようにぼーと受け入れている自分がいた。

五月になって、貴志には酸素マスクが着けられた。そして心電図も。病室には機械音だけがあった。

咲子は、四月末の連休から泊り込んでいたが、もう仕事があるから、奈津子が泣くからと言っている場合ではなかった。しかし、病室にじっと座って機械音を聞いているのは苦しかった。窓には明るい日差しが、大きな木の間を通り抜けて射している。チッチチッと鳥の声も聞こえる。

「あのうお姉さん、屋上にタオルを干してきますから、ちょっとだけ見ていてください」

やってきた貴志の姉に頼んで、屋上に上がると、大きく深呼吸をした。明るい光に目がちかちかした。張られたロープに、二枚のタオルをかけて、洗濯ばさみでとめた。そしてもう一回深呼吸をした。

「咲子さん、咲子さん。すぐ来て。貴ちゃんの様子が…」

息を切らして上がってきた義姉が屋上の端で叫んだ。咲子は、洗面器をそこに置いたまま、階段を駆け下りた。三階の病室がやけに遠く感じられた。

医者と看護師が集まって、心臓マッサージをしていた。貴志の体は、他人のなすがままで、自分ではぴくりともしなかった。

咲子は、心電図を見た。モニター画面の折れ線が突然スーと一直線になった。

「御臨終です」

と言う声が聞こえた。（死ぬ時は、心電図がまっすぐになるのだな）と、みょうなことが彼女の頭をかすめた。

（終わったのだ）と思った。心が心電図の線と同じように固まったようで、涙も出なかった。

「貴ちゃん、貴ちゃん」

と義姉が泣きながら呼んでいた。

一九七一年五月十一日　死亡
手術を受けて、五ヵ月目の昼、太陽が燦燦と輝いていた。

トラブルメーカー

恵子が久しぶりに図書館へのなだらかな坂を上っていると、道を尋ねてきた男がいた。

「このあたりに葉書を売っているところはないでしょうか」

「ああ、それなら、この道を下って右に行くとすぐ」

言いかけて思い出した。知っている顔だ。

「山本さんでしょう」

「えっ、あっ大山さん。久しぶりですね。元気だったですか」

もう三十年も前、同僚だった男だ。髪には白いものが混じり、筋肉隆々の運動好きの好男子だったのに、今は腹が出て精気がない。しかし、人懐っこい笑顔は昔のまま、おしゃべり好きも変らないようだ。山本の妻の貴子は、高校の同級生だったことを思い出した。

「奥さんは、お元気でしょうね。こんど高校の同窓会で会えるのを楽しみにしています」

「はあ、元気ではないというわけではないのだけど、けがをしてですね。たぶん、同窓会には行かないと思います」

「事故ですか。入院していらっしゃるの」

「もう二年以上前のことなんですが、傷跡があちこち残っているんですよ。刺されたんです」

その言葉に、一瞬声を失った。どうしてそんなトラブルに巻き込まれたのだろう。話を聞いてみると、町内会の席で、酔った男に絡まれたあげく、腹部などを刺されて重傷だったという。原因は夫婦喧嘩の八つ当たりらしい。

「新聞にも載ったんですよ。それがうちのやつだったんです」

山本は、淡々と言った。

「貴子さんは心に深い傷を受けられたでしょうね。立ち直られましたか」

「ああ今は川柳にはまっています。俺もいっしょに教室に通って、二人で一生懸命やっています。今日も投稿しようとしたんですが、書き直したいところがでてきて、それで葉書を買いたいと思ったんですよ。どうですか。いっしょに川柳を習いませんか。楽しいですよ」

明るく笑い飛ばして、山本は葉書を買いに去っていった。

五十年前貴子は、その名のように貴婦人然として、色白、細面、唇のはしをちょっと動かして、そそとしゃべる女の子だった。十年ぶりに再会したとき、山本と結婚したと聞いてびっくりした。大恋愛でまわりとのトラブルを乗り越えての結婚だったという。びっくりしたのは、二人のタイプがあまりにもかけ離れていたからだった。男は蛮カラ、女は上品で、むしろ冷たい感じ、お高くとまっていると誤解を受けかねないほうだった。そんな彼女だから、誤解され事件もおこったのかなと、ちらっと思った。相手は、「俺のことば知らんとか」と怒ったということだ。

貴子が、そんな目に会ったということは、ひとごととは思えなかった。自分も恵まれる子という名前を持ちながら、その名に反することが多々あった。江津湖の見えるところにマンションを買って、恵まれていると思うことにしているが、住み慣れた郊外の町から引越してくるまでは、トラブル続きだったからだ。自分はひょっとしたらトラブルメーカーかもと思ったりしていた。そして、貴子のこともそうかもと、ふと考えたのだった。

恵子の元の家は、ある小さな市の中心街から百メートルほどのところにあった。祖父の代からそこに住んでいて、彼女も生まれた時からずっとそこの住人だった。いや、就職し結婚して、夫と死別するまでの四年間はその家をはなれていた。ともかく、五十年以上も住んだ家は、隙間風は吹き込むし、蚊は多いし、文化的ではなかったが、けっこう気に入っていた。交通の便はいいし、大好きな花作りのできる小さな庭もあった。

八年前のこと、春の光をあびて、植木鉢に花苗を植え込んでいたときのことである。頭の上から怒鳴り声がとんできた。隣の二階の窓から男が顔を出して、すぐにガシャンと閉めた。何を言われているのかわからなかったが、そのおそろしい声と形相に震え上がり、植木鉢は放り出して、家の中に駆け込んだ。動悸がおさまると、以前にも隣の男から怒鳴られたことがあったなと思い出した。

家の近所には飲食店街もあって、同級生の男たちがほろ酔い気分で通りかかることもある。前の年の秋のことだった。家の前を歩いていた二人連れと窓を閉めようとしていた時目があった。

「恵子ちゃんじゃなかね。久しぶり」

おかしなもので同級生は、齢をとってもちゃんづけで呼ぶ。

「ほら原田たい。東京から帰省してきたので同級生三、四人で飲もうかと思ってね」

いっしょにいた西野が言った。西野は市役所に勤めているので、顔を合わせる事もおおかった。

「いやあ、ほんとに久しぶりね。卒業以来かもしれない。見違えてしまいましたよ」

「今から浩子ちゃんのやっている店に行くところだけど、いっしょに行かんね」

「いきたいけど、急に言われてもね」

「そうか、女の人は夕方は忙しいからね」

笑いあっているとき
「なんばいちゃいちゃしとっとか。せからしか」

大声で言いながら、隣の良夫が出てきた。そう言われても、首をすくめて

「あら、すみません」

「じゃあまたね。こんど同窓会をしよう」

原田と西野はそそくさと帰っていったものだった。これが、良夫とのトラブルの最初だった。


良夫は四十才。大男でいつも肩をいからせて歩く。職を失って帰ってきてから、家業の雑貨屋を手伝っていた。家の前に「ちりを捨てないこと」などと木札に書いて下げた。いや、隣の恵子の家のさるすべりの木にも、その札を下げた。ずいぶん潔癖な男で、さらに不正はゆるさないぞと、自転車通学の許可のない中学生が、自転車に乗ってきて、自分の家の前の駐車場に置いていくのを見張るようになった。学校まで二百メートルだったから子どもたちはちょうどよいと思っていたのだろう。違反の中学生を見つけると注意していたが、しだいに怒鳴りつけるようになっていった。恵子は、そんな良夫のことを、正義感が強いのだろう、でもおかしな男だなあと見ていた。

中学生に注意をする。家の前を通る人に文句を言う。これが頻繁になってきて、誰だかわからないが、嫌がらせをするものが出てきた。

「夜中にトマトやたまごを投げつける者がおるのですよ。窓ガラスがこんなになってしまって」

良夫の母が、雑巾でふき取りながら、愚痴を言ったことがある。

「そんなことをしたんですか。ひどいことをしますね」

その時は、恵子もいっしょになって憤慨したものだが、そのとばっちりが自分に降りかかってくるとは思いもしなかった。

良夫が一番嫌がったのは「痴漢」といわれることだった。どこからそんな噂が出たかわからないが、中学生らしい男が、通りすがりに大声で
「痴漢」

と言って逃げていく。

「こらあ、チカンてや。チカンじゃなか。そがんこついうやつは許さん」

姿の見えなくなった方をにらんで、大声で怒鳴ったが、答えるものはなかった。そんなことが続いて、たまりかねて中学校に文句を言いに行った。

「私の家の前で、悪口を言う者がいます。何も私は悪いことはしておらん。中学生はきまりは守らんし、ちりは散らかすし、学校が取り締まってもらわんと困る」

怒ってはいたが、冷静に言った。

「注意しておきます。でも、誰がしたかわからなければ、十分な指導はできないので」

学校からは、あやふやな返答しかもらえなかった。頭にきた良夫は
「もう頼まん。証拠のあればよかつだろう。証拠の」

捨て台詞を残して帰ってきて、家の前に防犯カメラを取り付けた。カメラに写る影があると
「こらっ、またきたかあ」

と声を荒げた。そして、中学生が大口をあけて怒鳴っている映像を学校に持ち込んだ。しかし、それはピンボケで誰ともわからなかった。教育委員会にも、大きなジープのような車を乗り付けて、文句を言ったのだが、ここでも事務的な扱いを受けただけだった。

悪口やいたずらはますますひどくなり、それも夜中をねらってされるようになった。それで夜は眠れなくなり、昼は駐車場で見張って、ますます疲れが溜まった。

「おい、ここに自転車を置いているとはおまえか。ここは有料駐車場だぞ。家はどこか。自転車通学範囲じゃなかつだろうが。違反しとるとだろう」

大声で言いながらにらみつけるので、みんな飛び上がって逃げていく。それだけではなく、自分の車で町の中を回り、以前違反した者を見つけると追いかけるようになった。追いかけられた女の子が、田んぼの側溝に落ち込む事件もおこした。学校では、登下校時、良夫の家の前を通らないように指導して、回り道をするように立ち番を始めた。町では彼

のことをトラブルメーカーと噂するようになっていた。中学生はしぶしぶ回り道をするようになったが、夜こっそりやって来る者は、やっぱりあった。彼はますますいらいらした。

「教員は頼りにならん。いや、教員が悪か。生徒をけしかけているにちがいない」

良夫の恨みは学校や教員に向けられ、妄想へとエスカレートしていった。

「耳の奥で、チカン、チカンという声がしている。隣の女の声だ。あの女は小学校の教員だそうだ。あの女が教えたやつがいつも来るんだ。教えているのはあいつだ」

思い込んだら、ますます耳の底から恵子の声が聞こえるようになった。

恵子は、二階の窓から、最初に怒鳴られた時、何を言われたのか、何のことだかわからなかった。だんだん、庭に出ている時だけでなく、家の中にいても怒鳴り声が聞こえるようになった。

「チカンて言うな。おまえがいわせよっとだろが」

そう言われていることが、何回目かにやっとわかった。たしかに自分は教員だが、悪口を言う中学生とは、何の接点もなかった。でも、そんなことは身に覚えがないと言い返す声は、怖くて出なかった。ふだんの彼女は、誰にたいしてもはっきりものを言うほうだった。上司にも、会議でもきちんと自分の意見を主張した。それが、どうして自分は関係ないと言えないのか不思議だった。これがトラウマというものかと思った。最初の怒鳴り声があまりにも強烈で、おそろしかったので、どうしても声が出なかった。言い返すことができなかった。

良夫の大声は怒るだけではなかった。

「俺は痴漢なんかじゃなか。自衛隊で、風呂掃除を命じられて行ったら、女子の風呂を覗いたと間違えられたつ。何も悪か事はしとらんとに罰ば受けて、隊ば辞めさせられて、チカン、チカンと言われとる。だいたい、体の太かけんと言って、柔道ば勧めて、その上、それば生かすようにと自衛隊ば勧めたつは教員たい。俺はそがんとこに行こごつはなかったつ」

恵子に聞かせるように、大声で言うこともあった。教員である恵子に対する怒りは、そんなトラブルからもきていたのだ。良夫は小さい頃は色白でおとなしく、どこにいるかわからないと言われた子だった。それが今は町を騒がせる男になっているのには、周りの責任もあるかもしれないと恵子は思った。

良夫の恵子に対する敵意や恨みは、いわれのないものなのだが、彼女にも仕事上やりすぎて、恨まれたのではないかと思うことは、いくつもあった。

ゆうじが三年生の運動会のとき、昼食後児童席に戻って来なかった。あわてて探しに行くと、家に弁当の後片付けのために帰ろうとしていた祖母の車に乗っていたのだ。恵子はおもわず怒鳴りながらゆうじの手を引っ張って、むりやり車から下ろした。

「何をしているの。お昼からも運動会はあるのよ」

「この子もまだ出るんですか」

「あたりまえです。小学生ですからね」

「特別な組の子も、そんなに遅くまで」

恵子は、甘やかすのもいい加減にして欲しいという態度を顔に出して言った。どんな子でも、いつまでも小さい子のように扱うのは自立のためにならないと思っていた。祖母にすれば、ダウン症で体も弱い子だから、特別扱いして当たり前という思いがあった。それに自分より若い者に注意を受け、孫は無理やり連れて行かれたというので、心が穏やかではいられなかった。その後、恵子とその祖母とは打ち解けることができなかった。彼女は自分でもよく思うのだが、正しいとなったらしゃにむにやってしまう。突っ走るのだ。そんなところは、良夫とよく似ている。町の人は、彼をトラブルメーカーというが、自分もそうかもしれないと思い始めたのだった。

そうはいっても、やっぱり怖かった。洗濯物を干す時もそっと音がしないように庭に出た。怖いので米寿の母に代わって干してもらうこともあった。母は、彼が小学生の時の担任だったせいか、脅しは受けてなかったし、耳も遠くなっていた。防犯カメラが付けられてからは、勤めに出るにも、隣の家の前を通らないように、回り道をするようになった。

町の夏祭りは二日間にわたって賑わう。その日は、嫁に行った娘夫婦や妹夫婦も恵子の家に集まった。本町通りは夜は車両通行止めになるが、昼間に来れば車も入れる。娘夫婦は、家の前の空地に止めていた。

十時になって、通行止めが解除された。良夫は、人通りのやかましさをがまんしていたが、やおら立ち上がり、外に出て目を光らせはじめた。白い丸首シャツにベルトで吊った半ズボン。頭には、ヘッドライトを着けていた。通る人が皆祭りの晴着を着ているなかでは、異様な風体に見えた。そして、空地にとめてある車に目をつけて怒鳴った。

「後ろ車輪が道にはみ出しとるぞ。どけろ」

ちょうど恵子の家に、祭り見物から帰ってきていた妹婿の進が言った。

「隣のやつが、うろうろしよるけん用心せなん」

進の声は大きい。良夫に聞こえたらしい。窓の外から怒鳴り声がした。

「今、なんていうたか。出て来い」

柔道三段で、押し出しのりっぱな進の取り繕いにその場は収まった。強い男には弱いのか、文句も言わずに家に引っ込んだ。

しかし、次の日から、良夫の恵子への攻撃はますますひどくなった。

「チカンというな。悪口をいうな」

これだけでなく、さらに悪口雑言になっていった。

「エロ女。スケベババア」

夜中に窓を開けて、恵子の部屋に向かって怒鳴る。それだけではない。自分の車に拡声器をつけて、聞くに堪えないようなことを言う。さらには、町内に拡声器で触れ回った。恵子の恐怖はますます増して、夜眠れなくなった。枕の位置を変えて、足を窓の方に向けてみたり、二階の部屋から、下の仏間に寝場所を変えたりしたが無駄だった。彼女の耳の中でも怒鳴り声がいつも響くようになった。

そのころ、老母が肺炎になって入院したので、夜はひとりきりになり、風呂に入るのも怖くなった。風呂場を改修して、庭の方に窓を付けたのを後悔した。隣の物音が、男の声が聞こえる。

親友の富子は意外なことを言った。

「それって、ストーカーじゃないの。昔からあなたのことを見ていたんでしょう。小さい時からあこがれていたとか」

「それはないと思うけど。こんなおばあちゃんだし、歳だって一回り以上違うしね」

「わからないわよ。近頃ストーカー事件が多いから、用心しなくちゃあ。その男、女の人と付き合ったこともないんでしょう」

「そうね。だから、未亡人の私が男の人としゃべったり、飲み会で遅く帰ったりするのが不潔に見えるのでしょうね。とっても正義感が強いようだから。それに、妹の旦那のことを誤解というか、勘違いしているようよ。私の男だと。妹のこともあまり似ているから、私と混同しているみたいなところもあるし。こっちはあの男をトラブルメーカーと思っているけど、むこうからすれば、こちらがそれに見えるのかもね」

好きな女を追いかけるストーカーとは違うが、良夫の行為はそれとよく似ていた。

独身の女は付け入られやすいと、恵子は思っていた。これまでも何度もデートに誘われたことがある。それも相手は、妻子のある中年男ばかりだった。そんな時、他に誰を誘いましょうかと、笑ってかわしたものだ。

付け入られやすいだけでなく、誤解を受けたり、煙たがられたりもする。だいぶ前のことだが、同じ研究サークルの山崎が転勤してきて、コンビを組んで、障害のある子どもの指導をしたいと言った。彼は十才ほど年下だが、意欲的に指導に取り組む男だったので、大喜びしたのだが、二年でコンビを解消したいとはなれていった。恵子はそれまでと同じやり方を、疑問も感じずにどんどんやっていたのだが、それは、彼の出る幕をなくし、やる気をなくさせたようだ。それまで一人で仕事をやることになれて、相手を思いやることができなかったと後悔した。独身の女だからと言うわけではないかもしれない。生真面目で、考えを譲らず突っ走る自分は、どこか尖ったところがあり、人を傷つけるのではないか。良夫もそれを感じているとしたら、やっぱり自分もトラブルメーカーだと、くだらない考えに陥ったりしていた。

近所の信子が、勤めの帰り道、話しかけてきた。

「ちょっと、ちょっと、おかしか話を聞いたよ。あなたのところの隣の、ほら区長さんの息子が、二丁目の学習塾に乗り込んだんだそうよ。それも、おかしか格好をして」

「えっ、そう、どうして」

「何の文句を言いに行ったのか知らんけど、とにかく吊りズボンに、ピストルを突っ込んで。おもちゃでしょうけど。ドスドス階段を上って行ったんだって。角の山田さんのじいちゃんが見とらしたそうよ」

恵子は青くなった。機械好きの良夫のことだから、改造拳銃かもしれない。いやそこまではしないだろうとあれこれ思った。

「あなたのことも、車に拡声器をつけて、悪口を言いふらしているようだけど、誰も信用せんから心配せんでいいよ」

「ありがとう。でも、毎晩怒鳴られるとね」

恵子は暗い気持ちで家の方に向かった。今夜もまた、がなりたてられるのかと思うとふるえが止まらなかった。

数日後、タクシーで帰宅した時、運転手が言った。

「少し手前で止めていいですか」

「どうしてですか」

「お宅の隣の人がですね。文句を言うんですよ。前の駐車場は、あの人の物じゃないでしょう。それなのに、あそこでうちの車を回したと言って、会社まで怒鳴り込んできたんですよ。他人の駐車場に乗り入れたと言って。私たちも、けんかはいやですからね。あの駐車場の前に止めたくなかっです。すみませんね」

「まあ、あの男はそんなことまでするんですか」

自宅の三十メートルほど手前で、タクシーを降りた。いろんな噂が聞こえてきた。まさに良夫は、町のトラブルメーカーになっていた。

恵子のほかに、攻撃する相手ができても、良夫の行動は止まらなかった。昼間も勤務先の小学校付近で彼の黄色い大きな車を見かけるようになった。

毎日続く嫌がらせに、恵子は、近くの交番に相談に行った。

「こまったものですね。今のところ、直接の被害があるわけでないから、見回りはしますが、警察として取り締まりはできないのですよ。交番の電話番号を電話機の前にはって、何かあったらすぐ連絡してください。それから本署に相談を受ける窓口がありますから、そちらに行かれてみたらどうでしょう」

交番では、現行犯でなければどうしようもないらしかった。がっかりして帰宅した彼女は、隣町にある警察署に相談に行くことにした。

寒い日だった。隣町に住む妹にもきてもらった。警察署に行くのは初めてで、興奮していたがガクガク震えた。寒かったせいもあるかもしれない。いや、怒りで震えているんだと思った。これまでのことを書いたメモを握りしめていた。ここでも警察としての対応は同じだったが、被害の予防のためにと、保健所の精神医療の担当者も呼ばれていた。交番から話が通じてあったらしい。

「話を聞いたところでは、その方は何か精神的病気を持っていらっしゃるのではないでしょうか。今はよい薬がありますので、治療されれば落ち着かれると思いますよ。家庭訪問をして治療を勧めてみます。こちらの指導を受け入れてくれたらいいのですが」

ここでも確かな解決の道はみられなかったし、保健所の家庭訪問がよけいに彼の心を刺激し、反撃がひどくなった。

「警察にチクッタな。保健所もきたぞ。俺は気違いじゃなか」

ますます彼の怒鳴り声は大きくなり、頻繁になっていった。保健所の人は、彼がこれまで飲んでいた糖尿病の薬まで疑って、飲まなくなったと困っていた。

状況は変らなかったが、恵子はいつでも警察や、保健所に相談できると思うと、少し落ち着いてきた。


四月になって、恵子の学校にも学童保育が立ち上げられた。その頃、その取り組みがあちこちで始まっていた。恵子のクラスのまなぶは、就学前は保育園に通い、母親は美容室に勤めていた。一年生の頃は、学童保育もなく、おじいちゃんやおばあちゃんが迎えに来て、実家に連れて帰られるという、毎日だった。二年生になって、学童保育ができた。

「先生、うちの子どもも学童保育にはいれるでしょうか。六時くらいまでみてもらえると助かるんですよね」

久しぶりにまなぶを迎えに来た母親が言った。

「もちろんはいれるでしょう。仕事をしている母親のためにできたのだから。障害を持ってる子どもだからといって、はいれなかったらおかしいよね」

恵子は、正義感に燃えて、力を込めてそう言った。

まなぶは学童保育に行き始めた。指導員の人たちは、以前からボランティア活動を熱心にしている人たちだったので安心していた。障害を持った子どもたちにも理解があるだろうと期待していた。まなぶはゆっくりゆっくりしゃべり、ゆっくりゆっくり行動した。まわりの対応もゆっくりとでなければならなかった。また、がんこなところがあり、自分の気に染まないと、なかなか、動き出さなかった。配慮が必要な子どもではあった。

まなぶは、毎日問題なく行っているようにみえた。ところが、学童保育から断られたという話が伝わってきた。原因は、危険なことをするという。ジャングルジムから落ちたので、登らないように言ってもやめない。保育園の時、救急車で運ばれたことがある。そんな重い病気を持っている子どもの安全を保障できないなどというものだという話も聞こえてきた。

恵子にとって、青天のヘキレキとはこのことかと思われた。まるで、障害児は来るなといっているようだ。これは差別だと思ってしまった。受け持ちの子どもたちをまもるのだという意気込みが強すぎて、相手が差別についていつも議論している教育関係者ではないということも忘れていた。どうやって自分の思いを伝え、障害のある子も受け入れてもらえるようにできるだろうと一生懸命考えた。指導員と話をしようと、学童保育の教室の前まで行ってみたが、子どもたちの前で口論したらまずいと思いとどまった。そして、自分の思いを手紙に書いた。しかし、それがいけなかったのだ。口で言うよりもっと強烈だったし、消えない。消せないからだ。

指導員の二人は、その手紙にショックを受けて、辞めたいと申し出た。人のためになると思ってやっているのに、差別者のように言われて、続ける意欲をなくしたのだった。それでは困ると、保護者が騒ぎ出した。立ち上げの中心になっていた昭雄の母親は、直接恵子の教室に乗り込んだ。昭雄は、自分の教室に入らず、よく恵子のところで遊んだりしていたので、そのことも母としてはおもしろくなかったのか、じろじろ教室の中を見回しながら言った。

「こんなところでまなぶくんは勉強しているのですね。遊び道具がいっぱいなければいけないのね」

遊び道具のある教室でなければ、まなぶには合わないというような言い方だった。

「ええ、学習遊具を使ってすると、効果があがりますからね。どんな子も遊びは大好きでしょう。昭雄君も時々きますよ」

「昭雄が来たら、自分の教室にかえるように指導してください。ここの子どもではないんだから。今日はその話ではありません」

「そうですね。どうぞ、用件をおしゃってください」

「先生、私たちは、苦労して学童保育をたちあげました。私も一人で、働きながら子どもを育てています。それで、仲間と協力して夕方まで働けるように作ったんです。それを、つぶすようなことはしないでください。私たちが差別しているようなことを言われるのは許せません」

「言葉が足りなくてすみません。私は、ただまなぶ君もその仲間に入れていただきたいと思っているのです」

恵子は、感情に任せて書いた手紙の文章をよく思い出せずにいたが、差別という過激な言葉を、使っていただろうことを後悔していた。

「それに、先生、他所に行ってまで、私たちのことを非難されましたね。まるで、悪者扱いではありませんか」

恵子が、他の地区で行われた障害児学級の研究会で、学童保育の実情を、子どもたちの受け入れの実態を知ろうと発言したことをいっているのだ。たしかに正義はこちらにあるとばかりに、まなぶのことを言ったのだ。

「いや、そんなつもりはありませんでした」

弁解しても、いやな目にあったと言ってきいてくれなかった。何の解決もないまま、文句を言うだけ言うと、和雄の母親は帰って行った。恵子は、自分がトラブルメーカーだと思い当たった。正義感で、感情にまかせて、相手のことを考えないで、まったく良夫と同じではないか。

とうとう、PTA会長を介して、学童保育の保護者会から呼び出された。校長もいっしょだったが、恵子の側に立ったわけではなかった。二十人ばかりの保護者の中にはPTAの有力者もいた。そのなかで恵子は自らの考えを言ったが、自分の子どもたちをやっている学童保育が、つぶされそうだと怒っている保護者には、自分たちの大事なシステムを壊そうとする、困ったやつだという以外にはなかった。まなぶの母親も呼ばれていたが、何も言えずにいた。保護者会では、学童保育は保護者が集まって運営をしているのに、運営に参加したり、協力しないで、子どもを預けぱなしにされたので、やめてもらいたいと言ったのだということになっていた。恵子も自分の誤解だった。過激な言葉を使ってすまなかったと謝るしかなかった。のちにまなぶの母親は時間をやりくりして、保護者会の役員をすることで折り合いがついた。まなぶもまた通い始めた。

恵子は家に帰ると、夕食も取らずに部屋にこもった。涙がどっと流れた。大勢の男たちに問い詰められ、泣きたい気持ちをがまんしていたからか、自分の愚かさがくやしかったのか。同じトラブルメーカーでも、それに気づかない良夫がうらやましく思えたりした。まなぶを守ろうとしたことが、かえって母親とともに苦しめることになったこと、保護者や指導員も苦しめ、確執が生まれ、それがずっと続いたことは、彼女の中に後悔として残った。会議はつるし上げのようなものであった。階下から母が呼ぶので行ってみると、校長が立っていた。

「味方になれずすみませんでした。よくがまんしてくれました」

それだけ言うと帰っていった。トラブルメーカーが、そのトラブルの口を、大きくひろげなかったことへの安堵と感謝だったのだろう。

次の年、恵子は隣の校区に転勤した。校区が違っても隣の男には関係ないらしく、あいかわらず、拡声器での悪口は続いていた。さらに、防犯カメラを恵子の家の方にむけてきた。それでも彼女は、警察を呼んだりすることもなく、じっと家にこもっていた。仕事上の発言も以前のようにはしなかった。新しい勤務先の保護者に、学童保育に反対する人が来たという噂が広まっていたことにはびっくりした。その頃は、学童保育の取り組みがどこでも始まったばかりだったから、切実な問題だったのだろう。彼女は口は災いの元と、トラブルメーカーにならないように注意していた。

反応がないのにいらだってか、良夫の行動はますますエスカレートしていった。あんまり悪口がひどいので、誰かが通報したのか、夜に、交番から見回りだといって、巡査がきてくれた。

「何事もありませんか。匿名の電話があったものですから、よってみました」

「いつもとかわりません。駐車場にとめた車の拡声器がこちらに向けられているようで、うるさいですけど」

「そうですか、いつもですか。とおりかかった人がびっくりしたようです」

巡査と玄関で話していると、突然すぐそばに置いてある電話がなった。隣の母親からだった。

「恵子さん、いつもすみません。警察の方が来られているでしょう」

「ええ、見回りと言うことです」

恐る恐る、小さい声で言った。良夫に聞かれないようにと思ったのだったが、

「うちの息子が、話したいことがあるといいますので、電話を代わっていいですか」

受話器を持つ手が震えた。足ががくがくする。そばにいる巡査にも彼の話すことは、聞こえるはずだ。それをあえてしようとしている。どういうことだ。混乱しながらも、巡査

がそばにいることをささえに
「ええ」

小さい声で答えた。耳元で声が響いた。

「苦しかつはこっちぞ。いつも悪口が耳の底で渦巻いとる。チカンて聞こえる。おまえが言いよっとだろうが。教員はそがんえらかつか。そんなら、中学生ば指導しろ。悪かこつばかりして、反省もせん。おまえのうちにだご石ば投げ込んでやろうかと思うけど、俺はそがんこつはせん。警察にひっぱらるるけんな。頭は正常たい。警察にも言っておいてくれ。俺は悪かことはしとらん」

電話はガチャンと切れた。病気ではないかと言われていることへのいらだちと、それを否定する気持ちが高まって、警察のいるところへ電話するという行為にでたのだろうが、かえって矛盾を露呈して、そばにいた巡査も首をひねっていた。

「まあ今日のところは、これ以上なにもおこらないようですから、引き上げます。何かあったら、すぐ交番に知らせてください」

老母と二人になっても、恵子は眠れなかった。病気のため、妄想に苦しめられている良夫は、苦しいだろうなと思う。でも、そのせいでいつも攻撃を受ける自分も、頭が変になりそうだ。わああと叫びだしたい。そんな考えが頭の中をぐるぐる回った。その夜は、隣もしんとしていた。しかし次の日からまた悪口の攻撃が続いた。

「俺はチカンじゃなか。おまえがエロ女だ」

若い頃の同僚、女三人が集まった時、いや恵子が、落ち込んでいると聞いて、集まってくれたのだった。

「あなたが独身だからよ」

節子は、励まそうと思ったのか、にこにこしながら言った。前にもそんな話をしたことがあったなと思っていると、加奈子が、いつものように、ビールをぐいと飲んで言った。

「やっぱりつっぱっている女は、男から煙たがられるのよ。すぐ足を引っ張られる。そして、おぼれかけても助けてくれない。そんなのは相手にしないで、自分のしたいようにすればいいのよ」

彼女たちの言っていることは、当っていることが多いとうなずきながらも
「でもね、毎日毎晩やられるとねたまらないのよ。どこかに引越したいくらい」

「駅の近くに知り合いの持ってる空き家があるから、そこに引っ越したらどうかな。話をつけてあげるよ。あなたの今の勤務先にも近いし、いいかもしれない」

定年退職まであと二年、このまま毎夜悩まされるより、それがいいかもと決心した。逃

げるようで嫌だけれど、道理を言っても分かる人ではないし、いや、わかってくれる状態でないからと引っ越したのだった。

恵子は、同じ市だが、自分の勤務地である隣の校区に家を借りた。そこは、田んぼにかこまれて、金峰山の見えるすがすがしいところだった。

しばらくは仕事や家事に追い回されて、恵子は良夫のことは忘れていた。家主の植えていた花や木を眺めたり、すずめの子育てを見て、人間も見習いたいものだと、呑気に老母と語り合ったりしていた。仏壇を残して引っ越すことを渋っていた母も、すっかりそこの生活になじんだころだった。

元の校区の公園に学年遠足があった。その帰り道、児童たちを引率して農道を歩いていると、前方から一台の車が走ってきた。忘れもしない黄色いジープのような、隣の男の車だった。これは、困ったと思ったがどうしょうもない。一本道の狭い農道だった。

「車がきます。一列になってください」

児童たちは、慣れたもので、さっと道の端に寄り、すれ違う車に向かって挨拶をした。

「こんにちは」

「すみません」

口々に、あるいは声をそろえて言った。その大声に会釈を返すでもなく、良夫は睨むようにして、前を向いたまま通り過ぎた。恵子の方をちらっとみたようでもあった。彼女はその間、怯えて固まっていた。子どもたちは何も感じてないようで、すぐに学校へ向かって歩き出した。

その日は、父の月命日で母は、仏壇のある実家に行って供養をしていた。月に一回は、タクシーで行き来していた。夕方帰宅した母が、おどろいた様子で語った。

「どこかに行っていた良夫が帰ってきて、うちのほうに向かって言うとたい。今日は、小学生が挨拶したぞ。こんにちはと。敵から挨拶されて、俺はどがんしたらよかつかい。恵子が言わせたつか。そがんこつで俺はゆるさん。どこの学校に勤めとるかわかったぞ。そう言ったよ」

「まあ、お母さんにね」

「初めて言われてびっくりした。まだ、むこうは忘れておらんようね」

二、三日して職場に電話があった。

「大山はいるか。あいつは人の悪口ばかり言う悪いやつだ。校長に言うとけ」

「どこに住んでいるか教えろ。元の家に帰って来ては、悪口をいいよる。俺はチカンじゃなか」

「耳の奥に悪口を言う声の響くから、学校ば見に来たら、やっぱり学校にはおらんごたる。俺の家の近くで言いよるとだろ」

たびたび、そんな電話を受けた事務職員はびっくりしていた。

「その電話の後、すぐにまたベルが鳴るんです。今、息子が言ったことはうそです。大山先生は立派な人ですと言うんですよ」

困ったように言った。最初は同情していた管理職も、たびかさなると苦言をいうようになった。

「勤務時間中に、へんな電話がかかってくるので、事務の仕事にもさしさわるのですよ。本当に何もないのですか。その男のことは、しかるべきところに相談したらどうですか」

「しかるべきところと言われても、警察にも保健所にも相談したのに、らちがあかないから、この校区に引っ越してきたのです」

こう言うしかなかった。そして、もっと遠くに行くしかないのかなと思った。


その頃、里帰りした娘が言った。

「お母さん、退職したらどうするの。あと一年もないでしょう。前の家に戻るつもり。ずっと家にいるようになるのよ。隣の男と毎日顔をあわせるようになっても耐えられる。思い切って、私の家の近くに越してきたらどうね」

すぐ近くに、新しいマンションができるというので、モデルルームを見に行った。そして、退職を前に、熊本市にまた引越したのだった。

そのころになると、電話攻撃もなくなっていた。隣の母親が、大病で入院されたという話を恵子は聞いた。ストレスが大きすぎたのだろうか。やさしい人で、息子にもまわりの人にも気を使っていたからと、気の毒に思った。少し前に会ったとき

「いつもすみません」

と謝られるので、こちらも頭を下げて足元を見ると、腫れて赤黒い血管が浮き出していたのを思い出した。そのころから、ずいぶん具合いが悪かったのだろう。息子は一人暮らしになったから、食事もあまりしてないのか、痩せて別人みたいになっているということも聞いたが、信じられなかった。

熊本市内に移って二ヶ月ぐらいたった頃、隣の母親が亡くなったという電話が前の区長からあった。良夫に会うのはいやだが、長いつきあいだからと老母といっしょに弔問に行った。初七日の法要のあとで、親戚も二、三人残っていらしたせいか、彼はきちんと座って挨拶した。

「母が長い間お世話になりました」

その姿は見違えるほどほっそりとして、青白い顔だった。大声を張り上げていたころの

勢いはなかった。母親の病気で、食べるものも食べなかったせいか、心のささえがなくなったせいか、きっとあとの方だろう。ほんらい気の弱い男だった。糖尿病もずいぶん進んでいるようだった。恵子は父を看病して、病が進むと痩せてくることを知っていた。老母と二人線香を上げると、暗い気持ちで家に帰ったのだった。

それから一ヵ月もしないうちに、近所の人から、良夫が風呂に浮かんで死んでいたという噂を聞いた。睡眠薬をたくさん飲んでの自死だろうということ。こんどは葬式もなかったと。

恵子は、私にしつこくつきまとって、悪口を言いまくったのは、助けてほしいというサインを送っていたのかもしれないと思った。トラブルメーカーと言われながらも、トラブルを起こしてしか、まわりとかかわれなかったのかもと、憂鬱な気分になったが、自分に何ができただろうと考えた時、やっぱり攻撃されたから、できなかったのだと言い訳するしかなかった。正義感から突っ走ってしまうと、同じトラブルメーカーとして気づいていたのだから、中学生の不正に怒っている彼にもっと同調し、味方だと言えばよかったのだろうか。考えてもしかたがないことをうじうじ思ったりした。

新しいマンションに来て二年あまり、恵子にトラブルがなくなったかというとそうでもない。男孫二人がやってきてたてる物音や足音に、下の住人からクレームがあった。マンションの構造や音のことを知らずにおもちゃの車を廊下で走らせたことがきっかけだったように思う。今でも時々走り回ったりすると、うるさいぞとばかりに、トントン天井をつつくような合図がある。そんな時、下の人とのトラブルにおびえる恵子である。これもトラウマなのだろうかと思う。

図書館への坂道で、山本と出会ってから、三週間ほどたった朝、新聞の文芸欄に貴子の名前を見つけた。川柳が入選していた。

「わあ、よかった。貴子さんの句が載っている」

大きな声で言ったので、貴子を知らない母はびっくりしたようすで尋ねた。

「誰のことね。どがんしたつね」

「高校の同級生だよ。新聞にその人の川柳が載っているのよ。事件があって落ち込んでいたけど、元気になったみたい」

「それはよかったね。あんたも俳句でも川柳でも、どんどん出すとよかたい。私も、また肥後狂句をだそうかな」

九十才をこえた母や、友だちの元気に、力を貰って、トラブルなんか吹っ飛ばそうと、手紙を書き始めた。住所のわかる友達の誰彼に、同窓会で会いましょうと。

了

あとがき

退職したら、時代小説を書いてみたいなと言っていたのが、とうとう実現しました。隠れ切支丹の隠し持っていたメダイの軌跡を、三部作にまとめることができました。それが表題作です。

この短編集が出来たのは、近代文学館（現くまもと文学・歴史館）友の会の仲間に恵まれたことによります。友の会の文章勉強会で切磋琢磨して書いた『トラブルメーカー』が第三十五回熊本県民文芸賞小説部門一席に選ばれて、書くことが楽しくなって、また書きたいことがいろいろ出てきて、少しずつ書き溜めてきました。その中のいくつかを一冊の本にすることができて、一番喜んでいるのは私自身です。

書いてきたのは、自分や身の回りの人の生き様です。人生は様々ですが、それぞれに意味があると思うのです。それを知らせたい、残したいという思いから書いてきました。

さて、『メダイの軌跡』は江戸時代から現代まで、それぞれの時代に悩み苦しみながら、自分の生き方を求めてきた人たちを、メダイとの繋がりから描きました。最初の着想は大学の卒業論文で、絵踏をしなくて良い権利『影踏御免』を得るための『寸志制度』を調べたことから生まれました。その時少年達はどう行動しただろうと、現代の身近な者達と重ねて、一、二部を書きました。三部は熊本地震から立ち直っていく若者たちへのエールです。

他の作品の主人公も誰もが、いろいろな困難に打ち当たりながらも、愚直に生きた者たちです。そんな生き方もあるなと思って読んでくだされば幸いです。

出稿にあたり、様々な御助言と励ましをくださいました『文章勉強会』『詩と眞實』の皆様に感謝いたします。また、トライ出版の本馬さんには大変お世話になりました。

この本を読んでくださった読者の皆さんありがとうございました。

初出一覧

『メダイの軌跡』第1部
『湧水24号』平成28年12月
『メダイの軌跡』第2部
『湧水25号』平成29年12月
『メダイの軌跡』第3部
『湧水26号』平成30年12月
『トランク』
『湧水17号』平成21年12月
『もうひとつのトランク』
『湧水23号』平成27年12月
『余命告知』
『詩と真実』平成30年7月
『トラブルメーカー』
熊本県民文芸賞小説部門1席
平成24年11月

著者略歴
寺山よしこ
本名　寺尾禎子(旧姓小山)。
1945 年熊本県宇土市生まれ。
熊本大学教育学部卒業後、小学校勤務。2007 年に教職を辞す。近代文学館友の会の文章勉強会で学ぶ。2014 年『トラブルメーカー』で熊本県民文芸賞　小説一席受賞。2015 年『靴を捨てる女』で熊本県民文芸賞現代詩二席受賞。
日本詩人クラブ会員　日本現代詩人会同人
熊本県詩人会会員　『詩と真実』同人

著作／詩集『めだかの歌』(2014 年)
『熊本地震ばあばのひとりごと』(2016 年)

現住所　〒862-0941
熊本県熊本市中央区出水2丁目2-68-801
TEL 096-364-0680

メダイの軌跡

2019年 10月 1日　初版発行
著　　者　寺山　よしこ
発 行 者　小坂　隆治
発 行 所　株式会社 トライ
〒861-0105
熊本県熊本市北区植木町味取373-1
TEL　096-273-2580
印　　刷　株式会社 トライ
製　　本　日宝綜合製本株式会社